NOS

Adelaide Iványova

ASMA

para
Permínio Asfora,
escritor piauiense de origem palestina
para vovô Raimundo,
agricultor, líder comunitário e leitor de Permínio
para mamãe,
que me deu seus livros

... e para todas as La Ursas.

NOTA DA AUTORA

Em 2018, quando este livro saiu da fase da pesquisa para a da escrita, eu queria falar do trauma intergeracional causado pela migração não voluntária, usando a história da minha família materna como ponto de partida – e de retorno. Asma, a doença, seria a alegoria central por ser uma síndrome respiratória com forte teor metafórico: ainda que não se saiba sua causa exata, ela pode ser gerada tanto por fatores ambientais ligados à pobreza quanto por experiências traumáticas vividas pela mãe durante (ou mesmo antes de) uma gestação.

O jogo paradoxal entre migração e repressão estatal contra a liberdade de movimento sempre foi importante para o livro, mas no meio da escrita veio a pandemia – e, com ela, a ideia de confinamento e de adoecimento coletivo como características fundamentais do capitalismo. Eu estava escrevendo um livro sobre uma entidade feminina (uma mulher? Uma vaca? Uma ideia?) migrando sobre a face da Terra, num momento em que ninguém devia se mexer, mas em que só alguns tinham direito de ficar em casa. Assim, minha protagonista foi parar, sem que eu esperasse, numa instância de clausura (um presídio? Um manicômio? Um convento? Um curral?), o que mudou toda a estrutura do livro. Por causa da vida, ele foi se tornando esse épico escalafobético – o que no começo me assustou, mas depois eu não somente abracei como também maximizei.

A caminhada de Vashti Setebestas é longa: ela anda pela face da Terra atravessando o tempo, transmutando-se em muitas entidades, muitas pessoas e muitos povos. Para contar essa história, só com uma multidão de gente ao seu lado. Primeiro, há a Vashti da vida real, talvez o mito inaugural da mulher insubordinada, que foi banida da sua cidade ao se recusar a obedecer a uma ordem de seu marido, o rei Xerxes da Pérsia, na Idade do Ferro. O Xerxes de ASMA se torna uma figura masculina dúbia e escorregadia, como são todos os homens numa relação heterossexual – mas criei também seu alter ego bovino, Solimões, que é o amante ou amigo, sensível e solidário, o camarada. Solimões era o nome de um boi que vovô criou, lenda da nossa família. Além desses, há uma multidão de amigas e companheiras de viagem, bichos, bichas, cangaceiras, cantoras pop, cantigas de roda, a galera d'*A Oresteia* e de outras tragédias gregas, figuras míticas do sertão, as La Ursas e seus companheiros de banda, as putas, as degredadas da Inquisição, as divindades, os refugiados climáticos do Nordeste, os enxotados do latifúndio, os esquecidos, os ignorados, os encarcerados, os oprimidos, os ridicularizados – e os que lutam.

Usei, em alguns poemas, termos que evocam preconceitos – infelizmente, no mundo pelo qual andamos (e pelo qual anda Vashti), as palavras foram e são usadas como instrumento de opressão. Não poderia construir este livro fingindo que as palavras não são ferramentas a serviço da violência (e da resistência!), porque elas integram, ainda que à nossa revelia, a trajetória dos seres femininos (e de outros grupos) ao longo da história.

Com este livro, eu quis abrir a jaula de uma monga, para ela alaursar o mundo com seu desejo de movimento e de comunhão. Ainda que sua voz seja iconoclasta, esculhambatória e, às vezes, grosseira, seu devir é de empatia radical.

LIVRO 1

A TEMPESTADE

Um homem foi lá e disse
Deita aí no chão pra mim te foder
Eu disse não
Vou-me embora daqui
Aí eu saí de lá e vim andando
STELLA DO PATROCÍNIO

MENELAU   Quando foi que isso começou?

RÉ   Quando eu disse pra um macho
Vai te lascar pra lá!
né foda?, não sou obrigada
a gastar minha mixaria
diante de macharia quando
nem ali eu queria estar
pra ser bem sincera

Fui arrastada pra lá e pra cá
em acordos escusos,
monárquicos, raptos
casa primo com prima
tio véio com sobrinha
a filharada nascendo
cada vez mais esquisita
em nome da expansão de impérios

No dia em que seu rei mandou dizer
que era pra eu fazer strip pros seus amigos
eu disse não, bicha, chega,
tá bom de esculhambação
catei meus panos de bunda e saí
mundo afora
mentira foram eles que me expulsaram
kkk
isso foi na idade do ferro,
digaí, uma data, eu belíssima ainda,
bronzeada, sedas, sandálias, cachinhos

Eu andei demais valamedeus
mas foi bom pra deixar de ser otária
uns séculos depois quando cheguei
não lembro como no ocidente
ainda deu pra viver um tempo
das coisas que aprendi no caminho

fazendo atendimento passando receitas
e costurando, como minhas avós,
até que as cercas
presente de grego
que me deu a imagem do limite
e a certeza da punição
em caso de desrespeito

Antes eu conhecia os limites da minha
    jurisdição
e produzia meu sustento dentro dela
depois foi preciso comprar quase tudo
e agora ninguém entende mais nada
leis e fronteiras, imaginárias

O CORO   E como devemos nos dirigir a você?

RÉ   Ele me pegou embaixo da mangueira
  enquanto eu brincava
com as bonecas do milho que meus pais
  plantavam
os vizinhos diziam o tempo todo cuidado
com ciganos e comunistas que eles roubam
  criança
mas isso era puro preconceito: quem me
  raptou
foi um coroa esbranquiçado

Ah que sorte a sua diziam as vizinhas do
distrito novo, pra onde fui levada como
se fosse cachorra pega pela carrocinha,
coitadas, pobres pobres pobres de marré
marré marré eu aguentei aguentei
aguentei até quando deu mas um dia
não deu mais e no coroa eu dei dei dei

Um marido é só um marido
é só um homem aleatório que um dia diz
essa é minha e acha que pode se meter à besta
e meter o cacete na gente até que belo dia
virei besta-fera e disse não
desci o cacete nele e fui embora
sem ficar pra ver o resultado será que ele
morreu? eu eu eu antes ele do que eu

A menina entreguei pra vizinha, que prometeu
cuidar e cuidou mesmo, já eu troquei de
  nome e de cidade,
primeiro Seteléguas, depois Setemares, depois
Setebestas, já fui Maria, já fui Ernestina,
  já fui Glória
agora volto a ser Vashti

Era assim que me chamavam durante a guerra
dos marimbondos e quando saí da Pérsia
 será o nome
que escreverei em papeizinhos de enrolar
 cigarro,
com o restinho de tinta de cabelo que guardei
 num pote,
e jogarei ao longo da estrada de ferro,
 caso me deportem

O papelzinho terá escrito Vashti Setebestas
o número do trem de doido onde me
 meterem e seu destino
vai enrolado numa pedrinha pro bilhete não
 sair voando,
pois quero que o encontrem, aprendi essa
 técnica quanto atuei
na resistência francesa, judeus e outros
 deportados faziam o mesmo,
a gente recolhia as bolinhas e procurava o
 destinatário na França,
na Alemanha, na Silésia, às vezes ele não
 estava mais vivo,
às vezes tinha emigrado, às vezes,

O CORIFEU E O CORO	Onde começam seus cânticos de deus e de dor?
VASHTI SETEBESTAS	Meteram aquele trilho lá e eu não gostei, pronto, achei além de desrespeitoso muito feio, Mongólia de lá, Mongólia de cá, quem já viu? e a gente ali, no meio do quiprocó, sem ter nada a ver com isso andamos e muito desde o início dos tempos muito antes de inventarem telemarketing, trens e trilhos, somos engenheiras hídricas abrindo cacimba à pata dando assim de beber aos nossos e a todos os outros bichos

Agora toda vez que a gente quer
passar pro outro lado, é isso: o
casco de alguém se engancha, começa
a gritaria, o apito se aproximando, o
trem passa por cima, é aquele
espetáculo: uma de nós espatifada
fica pelo caminho, outras vão aleijadas
ornejando, as crianças traumatizadas,
a récua toda recua, chorando

Agora ninguém mais quer cruzar o trilho
com medo, mas a água fica do lado de lá
e também nosso alimento, uma suculenta
da família das zigofiláceas, muito usada
no Paquistão contra a asma, onde moram
nossos primos, onagros persas

Além disso sempre há lobos à espreita
atrás da gente, se andamos mil quilômetros
eles andam mil e meio, temos que estar
portanto sempre em movimento em busca

de nosso almoço e pra não virar o almoço
   dos outros

Aonde quer que a gente olhe essa porra
dessa estrada de ferro se estende,
o que diabo esses vagões levam, pra que
esse pantim todo, que diabo tanto compra
toda a gente? parece que desde 1955
   não tinha uma
jumenta valente pra cruzar esse trilho,
aí eu pensei ah eu vou cruzar, que eu tô
   com fome,
foda-se

ATENA	Fale-nos de sua terra, de seu nascimento, de sua vida.
VASHTI SETEBESTAS	Um boyzinho chamado Roderich Linz sai de Ulm rumo ao novo mundo pra fazer dinheiro pois o açúcar é doce, o pau é duro e a tinta, cara nas ilhas conhece uma mulher Kariri que escraviza e batiza de Felipa que certamente não foi consultada
	Quando Felipa fica grávida de seu dono é uma futura parricida que carrega no bucho: Anna que anos mais tarde usando misteriosa meizinha dá cabo de Roderich, que cai duro envenenado, bem-feito
	Anna com tédio casa e o marido (segundo fuxicos) é um judeu catalão fugido (de nome Bartolomeu) que ela teria denunciado ao Santo Ofício (mas que escapa) e aproveitando o ensejo denunciaria também (isso tá documentado) as filhas de Branca Dias (Freud explica)
	Dos filhos de Anna não sei muito mas há o boato de que vêm dela e de Bartô toda a família que dizimando os Kariri colonizou a região onde nasceram vovó e vovô mamelucos crias desta esculhambação fundamental todos mais ou menos

primos uns dos outros se casando entre si
    passando
pobreza de herança, gerações de
    nadifundiários
com síndrome de charcot-marie

Passam também os séculos e vamos
    de descendentes
de Bartolomeu Lêdo ao ledo engano
passam secas, cercas, jagunços, agiotas
entre capital e cu do mundo famílias se
    espalham
filhas somem outras fazem concurso público
filhos vão ser caminhoneiros outros morrem
na guerra da borracha ou de tristeza
em são paulo

Quem fica vira curumba vai trabalhar na cana
vira asmático não tem jeito
os médicos vêm de longe, de cidades grandes
pra bulir com as meninas
eu, a 15ª neta de Felipa Rodrigues
sou a paga do doutor
torço o rabo, pago o pato
de cabrita a aquebrantada
viro asmática reumática neurótica,
pós-traumática disléxica perebenta,
Philoctetes peregrina pirigótica

O CORO E quem é responsável por isso?

VASHTI SETEBESTAS Fui expulsa de meu ofício
para as minhas ferramentas:
saque e confisco
a partir de então
condenada a ficar grávida
profissão nova: fazer menino
trabalho que passou
a ser visto como improdutivo
pobreza que passou
a ter a minha cara

Reduzida à dupla dependência
de um marido
(se marido eu tivesse)
ou do patrão de um marido
(se emprego o marido tivesse)
que derrota

Fizeram de mim bem comum
meu corpo e meu trabalho viraram
"recurso natural"
tipo o ar que se respira
a água que se bebe
passível de ser gratuito
e indefinidamente
explorado
até que alguém tenha uma grande ideia:
será que um dia também
me privatizarão
como privatizaram a terra
a água
tudo?

De primeiro era menos ruim
porque eu ao menos tinha

acesso à terra
aos bens comuns
às ervas
além disso, senhores,
eu tinha uma profissão:
eu costurava embornais,
livros,

O ADVOGADO DE ANDRÉ ARANHA Tu trabalhava num café, perdesse o emprego, aluguel atrasado sete meses, eras uma desconhecida... O teu ganha-pão, qual é? A desgraça dos outros?

VASHTI SETEBESTAS Tentava chegar nas ilhas mas as fronteiras
assim cinco meses se passaram
no Panamá onde trabalhei
como depiladora vinte e nove dias
até me acusarem de roubo:
doze dólares panamenhos sumiram do caixa
ao longo de doze dias
um dólar panamenho por dia

A chefe era ex-cubana
era assim que ela mesma se chamava
e foi ela quem me acusou do crime
sendo que nem fazer conta eu sabia

Antes disso um homem
que queria depilar os ovos
botou o pau pra fora
e ejaculou na minha mão
enquanto eu trabalhava
me turva a vista a lágrima nordestina
matéria fina se misturando à coriza
e à raiva
enquanto suor cera e gala rala
se mesclavam sem convite
na minha mão

Eu tinha uma colega terrorista
com nome de flor e nascida nas canárias
que expulsou o menino
com um pé de cabra
e ameaças de morte
do local

só depois me dei conta
que fui demitida
pela nossa autodefesa
não pelos doze dólares panamenhos
que de toda forma não fariam falta à dona

É que o menino que botou o pau pra fora
tinha um adesivo colado no carro que dizia
Não sou o dono de tudo mas sou filho do dono
se achava branco mesmo sendo latino
talvez porque estude direito
e tenha nascido rico filho de patroa
nascida pobre

O CORO Quem – qual poder nomeou aquele que selou teu destino?

VASHTI SETEBESTAS No mesmo tempo em que Aruaques
Astecas
Incas
Tupinambás
Aimorés
Kariris
(etc.)
eram massacrados no novo mundo
no velho trabalhadoras
eram expulsas de suas casas
marcadas como animais
queimadas como bruxas

Para a maioria de nós
a rota de fuga só era uma
as colônias
e o bilhete de ida
a servidão por dívida
ou a pena de degredo
conheci muita puta que cometeu
toda sorte de crime
só pra poder ser enviada
pra América ou Austrália
onde talvez
pudesse começar de novo
feito malu mulher na novela

Degredo também era destino
das condenadas por vagabundagem
da vasta população de mendigas
    e desempregadas
das artesãs afundadas em dívidas
das dissidentes políticas
das maconheiras

das bichas sapatãs e outras degeneradas
além é claro
das abortistas
e das desbocadas

O CORIFEU   E quem te persuadiu? Quem te aconselhou?

VASHTI SETEBESTAS   Quando deixei Roterdã
mula de seu Adriaen
muitos séculos atrás
num acordo que hoje se assemelharia
ao sistema de kafala
mas que naquela época tinha outro nome
a privatização das nossas terras
e a mercantilização das nossas relações
causaram tanta pobreza
tanta fome
tanta morte
tanta miséria
que quando subi naquela nau
serva por dívida
pensei
"pior do tô não fico"
"pior do que tá não fica"
"queria chupar uma pica"
brincadeira não foi essa a ordem dos
    pensamentos
mas pensar pensei
é que não queria perder a chance de
escandalizar o júri
com essa rima
riquíssima

MENELAU   Que tipo de miragens te perseguem?

VASHTI SETEBESTAS   Do púlpito
ou por meio da palavra escrita
em depreciação literária
ou cultural
todos vocês
humanistas
reformadores protestantes
contrarreformadores católicos
cooperaram
constante e obsessivamente
com meu aviltamento
o nosso vilipêndio
fez parte de um projeto
bem pensadinho cujo objetivo
era nos deixar sem autonomia
e sem poder social:
um projeto de expropriação
na assim chamada
era da razão
(risos)

Colocaram uma focinheira em mim
me acusaram de desbocada
mas a arma ou o meu crime
nunca me foram informados
até hoje não sei se estou aqui por algo
que fiz, por algo que disse ou só
por ter nascido, mesmo

Semanas andei de coleira e mordaça
como se eu fosse uma cachorra
e era
Xerxes me exibindo pelas ruas
eu como sempre caminhando
já uma amiga minha foi enjaulada

submetida a simulações de afogamento
coitadinha
porque se apaixonou por outro homem
mesmo tendo marido

O ARAUTO	Você chegou a temer alguém?

VASHTI
SETEBESTAS
Eu, que já fui do pequeno-almoço
à loucura, agora estou aqui, desse jeitinho
se esse menino não parar de chorar
será que vou ter que degolá-lo,
para que ninguém nos ache?
Lampião diz que choro de menino
incrimina mais que sino de bode
mas né possível, tanto
trabalho de parto pra nada?
Pior que nem gozar gozei
dado que não dei.

E esse lindo jumentinho
a quem pertence?
Ah é teu, Zé? en-ein,
tão bonitinho

E essa aí, como se chama?
Salomé, uma babá? Oxe, e
quem te paga?, se de tanto andar
do rio Jordão ao Jordão Baixo
não sobrou um trocado?

Vamos em frente então,
triste trupe sem tostão,
que atrás vem Herodes
ou la migra
um bandeirante
a polícia
ou pior
um homem

MENELAU	E quem mais está contra você?
VASHTI SETEBESTAS	Já que a rainha tinha ido embora

sabe-se lá Deus pra onde
as operárias estavam naquele fuá
atarantadas pela estrada
eu fiquei com muita pena mas certamente
o repelente não daria conta daquele enxame
Xerxes é claro teria arriscado seguiria em
    frente
como é amostrado a valente todo homem
(que saco)
eu disse não Xerxes não

Salvei nossas vidas ao decidir que
    cruzaríamos humildes
o riacho com as chinelas de trás pra frente
como sempre pra confundir
jagunços e macacos mas as minhas atolaram
na areia do rio São José
ou foi no rio Lençóis?
já não lembro
lembro só que do outro lado
do rio era tudo garimpo
eu gosto de joias, mas não gosto
do que se faz por elas
de perfume eu gosto também
gosto de açúcar e de Xerxes
está claro: sofro muito com as contradições

De todo jeito não era pra estarmos na Bahia
ainda mas estávamos e agora com agravante:
minha chinela atolada mas não tinha medo
não muito

é que quando a arenga é muita
e o enxame, grande
só se salva o povo que se junta
é isso que eu acho

É por isso, senhores,
que eu estou aqui?

CREONTE Você sabia que isso era contra a lei

VASHTI SETEBESTAS Solimões chegou no décimo primeiro dia
fomos então a pé de Sapé a Cabedelo
visitar velho amigo da época das ferrovias
lá o mar é grande e os peixinhos, muitos
há também muitos gaviões
e muita gente preta trabalhando
pra pouca gente branca pagando mixaria
há cavalos pobres
explorados por homens ricos cavalos pobres
explorados por homens pobres
talvez mais pobres que os cavalos dos ricos

Cana tinha a perder de vista
às vezes verde, às vezes queimando
nebulizadores de asma abarrotados
em forma de pirâmide em todas
as farmácias na promoção o ano inteiro:
compre um e leve só um mesmo

A garçonete da hospedaria disse
que desde que o novo gerente chegou
elas começaram a receber as gorjetas
que antes iam pro patrão
até que o gerente foi morto a paulada
encontrado no canavial
meses depois

Nesse dia roubamos Solimões e eu
uma fruta-pão de uma mansão
que estava podre
não a comemos mas sempre é bom
pegar de volta o que é de todos

É isso que é contra a lei?

É por isso, senhores,
que eu estou aqui?

ELECTRA	Me diga uma coisa: por que você vive desse jeito?
VASHTI SETEBESTAS	Obrigação de nada eu não tinha
fazia o que queria
comia o que queria
quem queria
não tinha esse negócio de obrigação
de dona de casa
eu era dona do mato
a vida era só andar andar andar e pronto

Dadá foi a única que atirou mesmo eu
    não atirava
porque minhas tarefas eram outras
todo mundo sabe: a essa altura eu já ia
    meio cega
de tanto costurar panfleto no escuro
e Xerxes não podia mais com o trabuco
depois que perdeu um mindinho na prensa

As operações de impressão e processos
    relacionados
podem apresentar uma série de perigos
à saúde dos trabalhadores
dores na cintura
dermatite de contato
lesões traumáticas cortes
grandes lacerações contusões
e até perda completa de partes do corpo
(amputações traumáticas) e da alma
(estresse pós-traumático) (etc.)

Sei que sou eu a interrogada
mas queria fazer uma pergunta:
na cidade o sujeito sai de casa olhando para
    os lados |

segurando a bolsa com força
com medo de ser assaltado
sendo que nos matos
em vez de assaltante
era macaco correndo atrás de cabra
obedecendo a fazendeiro
a gente tinha que driblar a violência
de algum jeito

Quando o ladrão é pobre é aquele alvoroço
mas quando o ladrão é rico ninguém diz nada

É por isso, senhores,
que eu estou aqui?

AMY WINEHOUSE   Por que você acha que está aqui?

VASHTI SETEBESTAS   Por me recusar a realizar trabalhos degradantes?
Por ser estrangeira?
Por ter o nome que tenho e fazer o que faço?
Por ter outra língua materna?
Por ser perneta?
Por me unir aos oprimidos?
Por acreditar no que acredito?
Por amar quem amava?
Por saber que a Terra é redonda?
Por respeitar a constituição?
Por escrever para mudar o mundo?

Pela viagem
ou pelo meio de transporte?
Pela minha partida
ou pela minha chegada?
É por ter feito o trajeto a pé
ou em jumento
carro de boi
tapete voador
toyota
kombi
moto
montada em lombo de cavalo
com ou sem papéis timbrados
voando
num cabo de piaçava
ou é por ter feito o trajeto e só?

Sei que sento nesse banco menos
pela minha vontade de movimento
do que pela minha recusa em aceitar
o inaceitável: a bruxaria é voar para longe
de trabalhos terríveis tipo aquele

em great yarmouth em que perdia mortaviva
12 horas do meu dia degolando galinhas
com pesadíssima machadinha que produziu
tendinite diabólica e eu ainda tinha que mijar
em pé numa fralda por não ter direito
a descanso pra produzir o iate do patrão
via carne enlatada? a bruxaria no caso
é voar
ou é ter consciência disso?

É por isso, senhores,
que eu estou aqui?

O CORO Lei é lei.

VASHTI SETEBESTAS Se é que dá pra chamar *isso* de lei:
Não pode
se rebelar contra o rei
se rebelar contra seu dono se for serva
benzer os bichos
fazer vigília
pedir esmola
seduzir casado
escrever artigo difamatório
publicar livros nem jornais sem licença do rei
duvidar dos juízes
furtar por necessidade
ajudar escravo a fugir
usar nome social
usar máscara
se fantasiar de padre nem de milico
vender tapioca nem alfenim se for homem, só mulher pode
mangar do rei
cortar árvores porque as árvores pertencem ao rei (o rei pode desmatar tudo)
matar abelhas ou animais porque eles pertencem ao rei (o rei pode matar tudo)
ter gado de subsistência
ter veneno em casa
fazer festa do tipo "cada um traz um pratinho" (pobre não pode fazer festa)
viajar para países árabes ou muçulmanos
pagar fiança de um árabe a não ser que seja seu escravo
desobedecer nem xingar os oficiais de justiça nem os juízes

Não pode ser
herege apóstata ateia blasfemadora
mentirosa fofoqueira fuxiqueira
feiticeira
republicana
trambiqueira malandra muambeira xexeira
    caloteira
lésbica bi travesti
mula sem cabeça nem fazer sabão com freira
bígama corna adúltera talarica amancebada
rapariga cafetina quenga puta
alcoviteira de criminosos em geral
alcoviteira de escravo fugido nem de
    macumbeiro (agravantes)
solteira arruaceira vândala
música seresteira jogadora bicheira
    piromaníaca
insubordinada desobediente desertora
imigrante andarilha vagabunda
cigana, armênia, árabe, persa, mourisca de
    granada, judia
moura ou judia que anda sem sinal (agravante)
abolicionista coiteira defensora dos direitos
    humanos
foragida sonegadora
mãe adotiva
pedinte pobre mendiga

Ninguém pode nem caçar nem pescar:
os bichos da floresta e os peixes das águas:
é tudo do rei
Quem anda de cavalo é rico
ganha o nome de cavaleiro
rico não vai preso
Quem anda a pé é pobre
ganha o nome de peão
pobre sempre será preso

coiteiro de pobre também
Fianças só pros ricos
Tormentos e castigos só pros pobres
Um corno só pode matar a esposa se for rico
se for pobre, tem que aceitar a gaia
Se a mulher for estuprada tem que gritar,
se não, foda-se
Quem for pobre e tiver dívida responde com
    pena de degredo
pobres degredados sempre vão com corrente
    no pescoço
ricos, se forem degredados, vão com corrente
    no pé
Lésbicas e feiticeiras serão degredadas para
    o Brasil

É por qual desses, senhores,
que eu estou aqui?

A ADVOGADA DE JOHNNY DEPP   E isso porque você queria alguma coisa,
   não é? Você queria dinheiro. Você queria
aparentar ser uma vítima nobre?

VASHTI SETEBESTAS   Porque um dia eu apareci na cidade sozinha
sem macho sem dizer
de onde vinha nem pra onde ia
inventam a história da minha vida
histórias de minhas infelicidades
amorosas aventuras tristes
que perdi a honra, a hora
como ninguém sabe nada mesmo
valetudo
nem sei o que faço nesse fórum
nem quem são vocês
punheteiros de toga
curiosos de peruca branca

Mais que a honra perdi foi
a porra da paciência
já que legalmente declarada
como imbecil mas passiva de ser
julgada por crime misterioso
que os senhores
não dizem qual foi
mas dizem que fui eu que cometi

O capitalismo sempre se preocupou
antes de tudo em evitar
a fuga do trabalho
certamente é por isso,
senhores, que estou aqui

Ou não?

DOM FRANCISCO MENDO TRIGOSO, BISPO DE VISEU Você acha mesmo que dá para acreditar no seu testemunho?

VASHTI SETEBESTAS Vocês vão me sentar nua da cintura
pra baixo em cadeira de ferro fundido
com fogo aceso embaixo pra queimar
coxa canela bunda e priquito pra tirar
minha liberdade de movimento
mas na verdade o que condenam
é minha caradepau
de pegar um paudearara
por ter vontadeprópria
de viver

Vocês vão trazer carvão
barril de alcatrão
gorro de papel afunilado coroça e sambenito
só Goya vai ser do contra, coitado,
vai pintar parede, ser taxado de doido,
escanteado

Vocês vão me espetar um crachazinho
com indicação de degenerada ou adúltera
ou judia ou vagabunda ou romena ou paraíba
qualquer coisa que autorize todos
a serem meu cão de guarda

Vocês vão me meter num trem de doido
e me internar em Barbacena

Vocês vão trazer colete de cânhamo
saco de batata
vão trazer carrasco
e fazer com que minha família pague pelas
    custas do processo

e caso ela não tenha um centavo
o que é o caso
que paguem os cidadãos do meu povoado
que vão ter ódio de mim e com o tempo
de todas as mulheres por fazerem os coitados
arcarem com mais essa dívida

Então que diferença faz que os senhores
acreditem em mim ou não e de que adianta
gastar com vocês trogloditas de toga
meu precioso cuspe se meu veredito
já foi decidido antes mesmo de eu nascer
vamos próxima pergunta vamos
terminar logo com essa palha assada

ATENA	Então se defenda das acusações,
	    se a confiança nos seus direitos a trouxe
	    até aqui.

VASHTI
SETEBESTAS	Diferente de outros países
	onde a decisão do júri
	ocorre mediante discussão
	e deliberação conjunta
	entre os jurados
	no Brasil os integrantes do conselho
	    de sentença
	não se comunicam entre si

	Ao final das exposições
	da promotoria e
	da defesa
	jurados manifestam sua decisão
	    individualmente
	em sigilo
	escolhendo cédulas
	contendo as palavras
	sim e não
	sendo a decisão computada pela maioria
	    dos votos
	às perguntas feitas pelo juiz

	Quando eu era criança
	mamãe me levava para votar com ela e
	anarquista que ela era
	me deixava colar adesivos do pequeno pônei
	e dos ursinhos carinhosos nas cédulas
	em cima dos nomes de José Múcio Monteiro
	e de Jarbas Vasconcelos
	já que nem um nem outro prestava

	Hoje espero que os senhores jurados
	depois de párodo pantim e estásimo

façam como minha mãe
não votem
nem sim nem não
nem um nem outro presta
porque não ser inocente
não quer dizer que eu seja
nem culpada
nem doida

*Quem perturba a tranquilidade
pública deve [...] ser banido.*
CESARE BECCARIA,
DOS DELITOS E DAS PENAS (1764)

LIVRO 2

MEMÓRIAS DO KKKÁRCERE

> *Quantos anos completara há poucos meses no xadrez, presa e surrada pela polícia de costumes da Bahia? Vinte e seis? Não pode ser. Quem sabe, cento e vinte e seis, mil e vinte seis ou ainda mais?*
>
> JORGE AMADO

agora que me encontro
às portas do xilindró
e de mais um ataque de pânico
deva talvez arriar as calças
e fazer cocô na entrada
com toda a propriedade
mijar no pé do guarda e
me comportar conforme o dress code
estou de listras e ostento
acessório apropriado
para estatal ocasião: a almanjarra
tá on

só os grilhões foram trocados
por pulseirinha high-tech
que apitará caso eu tente fugir
como se eu
eu!
meliante perneta e perigosa
rs
acusada de inadimplência aborto catimbó maridocídio
impertinência raparigagem adultério desacato
a lista é grande e questionável
pra completar agora viúva do milésimo marido
tivesse pra onde ir
acusada de roubar do estado
como se ele fosse pobre
e precisasse de meus trocados

me chamam de ladra
quando sou apenas lisa
anã paraguaia de meia-idade
prestes a pagar ainda mais caro
com essa moeda de troca
mais desvalorizada que uma pataca:
meu corpo proletário
por ter solicitado

sem poder pagar de volta
e sem saber que deveria
emergencial e mixuruca auxílio
que usei pra comprar comida
e pagar cinco aluguéis
durante uma pandemia
que durou muito mais que cinco meses

quando a febre do rato
roeu um terço da população
do continente todos os meus
clientes sumiram e todas as
encomendas foram
canceladas
não vi um rei de roupa roída
descer de seus castelos
em nosso socorro
só são roque dava as caras
metia a mão na massa
e nas perebas

jogada às traças
me virei como podia
improvisei inusitadas
matérias-primas
quando vi que estava abandonada
à própria sorte pra quitar boletos
que como os ratos também entravam
por debaixo da porta
e feito eles roíam tudo
que eu tinha

empreendi não por gosto
mas empreendi
ai a que custo

agora estatelada na porta

do xadrez
penso apavorada
misto de zen e fleumática
em listas
nas listras
em códigos de barra
na bombinha de asma e
se não teria saído muito mais barato
em vez de me fazer de morta
morrer de fato

óbvio que melhor mesmo
é não cagar na calçada nunca
primeiro porque alguém vai ter que limpar
e não desejo isso nem pra mim nem
pra ninguém e
se ninguém limpar é ainda pior
espalha mau cheiro mau agouro e acumula mosca
que depois espalha doença

pior ainda é pisar
na merda quando só se tem
esse par de alpercatas
compradas no crediário
no mercado de são josé
a serem pagas em doze parcelas e
inutilizadas por motivos de merda
antes mesmo de quitar

outra coisa: defecar na rua não é de bom tom
antes cagar no mato
como as cotias
adubando a terra
de onde se vem e para onde se volta
(só pra passar desta pra melhor ninguém precisa de visto)
com meu cocô espalhar sementes
contribuindo ativamente
com nosso reflorestamento

por outro lado
quem come
merda caga
não tem jeito
e assim sendo
pra que decoro
se a pessoa estiver
por exemplo
com o cu fazendo bico

às portas da caganeira
oprimida por força superior
chamada de diarreia?

passado o primeiro susto
e o tempo no quixó percebo
que sobre os cavaletes há tábuas
aonde chegamos nas tamancas
pra sentar em tamboretes bambos
e tomar café fraco:
mongas castradas
com brometo de potássio

não há vacina nem guardanapo
só canecos de lata e o bafo
que sai da cozinha
Nise me passa um livro
encardido entre farelos de pão mofado
um dia como outro qualquer

a diferença é aprender
presa e por acaso e
numa língua que foi virando
mas não é a minha mesmo
ser a descendência
dos 5% que sobraram
depois da passagem de colombo

o livro chama o legado desse véi de
"o holocausto americano"
me pegou de surpresa mas
não muito e não piro, implodo

odeio a marmota do brometo
finjo que engulo
sempre cuspo mas infelizmente
sempre desce goela abaixo um pouco

páginas adiante aprendo
que pardas caboclas cabras caborés sertanejas mamelucas
cafuzas morenas nativas negras da terra matutas brancaranas
cangaceiras pescadoras ribeirinhas rezadeiras camponesas
vaqueiras lavadeiras quebradeiras de coco boiadeiras
marisqueiras povos de terreiro de fundo de pasto

são nomenclaturas
raciais ou laborais
inventadas e registradas
pós-invasão
e eu aqui nessa gaiola
sem poder fazer nada

o imaginário social
diz o livro
e um olhar binário sobre raça
não associam e não deixam que
a população não branca
se associe à ancestralidade indígena:
e eu aqui nessa gaiola
sem poder fazer nada

apagamento e presídio
esforços do estado
para manter a principal lorota
propagada sobre pobres colonizados
e povos originários:
os mitos da passividade
e do desaparecimento
sendo que aqui estamos
nunca não estivemos

no meio disso tudo
noto ainda a rejeição da voluntária
que toda quinta vem dar aula de poesia
com ares de caridade
mas que no fundo nos odeia
só vem porque é bom pra sua pesquisa

me inscrevo no programa porque
qualquer marmota me ajuda a reduzir a pena
que eu nem sei qual é ainda
vou pras aulas da professorinha depois de dar duro
na olaria, com uma gringa com quem não troco
uma palavra
mas sei que ela fala minha língua
trazida pra essa mucura onde há mil anos
aguarda sua sentença reza a lenda que ela
matou um cara e usou a carne pra fazer coxinha

escrevo sobre a antropófaga mas a professorinha não gosta
e me informa com seu sotaquinho de televisão
que canibalismo períneo e prisão não são material de poema
a senhora que disse que a vida é material da poesia
e minha vida agora é essa
respondo

Válvula
Válvula
Válvula
Valvula
Valvulva
Luvaluva
Válvula
Vulva
Motim mortin
Perímetro
Períneo!
Períneo: terra de ninguém
A melhor das terras
Fundo de pasto
Sem gênero e sui generis
Onde não se checam passaportes nem escrituras
Onde todos os refugees e vaqueiros são de fato welcome
Ao contrário da Alemanha da Polônia da Bielorrússia (etc.)
Onde só é welcome quem é white
Terra do nunca
Terra do fogo
Mas toda terra no capitalismo é de alguém
Rügen
Rugas
Rusgas
Riga
Vigo
Viga
Casa
Corpo:
Bucho
Beiço
Boga toba oiti fiofó furico
Fifó é um lampiãozinho
Lampião e Corisco
Cáseo
Cárie

Caspa
Cravo preto
Catota
Creca de orelha (condicionador seco)
Dente podre
Incontinência
Perdigoto
Pentelho
Perdido
Na glote
Todas as árvores que não sei o nome na cidade lá fora que nunca vi
Todas as plantas que enfeitam o pátio cuja função desconheço
Mesmo que eu suba num tamborete nunca consigo ver o pôr do sol da cela

AUTOCUIDADO
AUTOMUTILAÇÃO
AUTOMEDICAÇÃO
AUTÓPSIA
AUTOMÓVEL
AUTODIDATA
AUTO DA COMPADECIDA
AUTONOMIA
AUTOTOMIA
AUTOCRÍTICA
AUTOCRÁTICO
AUTOAJUDA
AUTOBAHN
AUTORIA
AUTORIDADE
AUTOEXÍLIO
AUTOFAGIA
AUTÓGRAFO
AUTOIMUNE
AUTO-ORGANIZAÇÃO
AUTOPIEDADE
AUTOCONFIANÇA
AUTOMECÂNICA
AUTOCRACIA
AUTOFLAGELAÇÃO
AUTOESTIMA
AUTOUTOPIA

IDA HO
um gangsta rap pra minha professorinha

[INTRO]
Ida means fate wise/Ida
means idea (três pontinhos)
Ida is a verbal word for the way
(aperte o enter duas vezes sem o shift)
you see inside your mind (três pontinhos)

Já ho
é uma palavra do inglês arcaico que
em recifês significa BORA!
um exemplo: WESTWARD HO!
que é o que trabalhadores de navio gritavam
indicando a direção da viagem
e é também o título
da novela racista e misógina de Charles Kingsley
que em recifês se traduz pra "bora pro oeste!"
(incluir aqui a referência de beckett!)
(worstward ho – errar mais errar melhor etc.)

[VERSE 1]
you see inside your mind
eu repito você repete
e assim sendo HO!
não é somente whore
e assim sendo whore
não é somente whore
é também: movimento direção
que são coisas muito maravilhosas
e dessa forma voltando pro começo do poema
se Ida significa idea
e ho significa bora
Ida Ho quer dizer em recifes
BORA SER HO!
bora simbora ser whore

bora simbora sehr whore
bora simbora Zé whore
e assim sendo
se IDA é idea e HO tanto pode ser
bora quanto quenga
esse é meu nome de guerra
e de pena:
Ida Ho ou seja
BORA SER QUENGA
OU BORA SER SÁBIA
que de acordo com minha teoria
é a mesma coisa

[VERSE 2]
fique você sabendo
que quenga vem de quengo
e quengo significa cabeça
portanto quenga significa cabeço (risos)
as palavras são um mistério maravilhoso
obrigada palavras
por me salvarem de mim mesma
da culpa de ser quenga
sim eu gosto de gist de jizz do meu Dasein do meu Slutsein
uma clumsy slut com gosto de gist

[CHORUS]
Howdy ho
Gouda ho
Who yo ho
I'm yo ho
I'm yo Eier ho
I am Ida Ho

[BRIDGE]
Houdini no
Gag and Go
-dard e dardo

Hot-God to go
Gagging go
No seu pau
São Paulo
Se acabou
Na Farinha Lima
O homexplicou
Landlordsplaining? Bitch no
I gosto de vovó de vodka de voodoo
I gosto de ioiô
Eu gosto de you – yo!
Fotze Pfütze
Foi foda
Fuckabulary
Hocabulary
Rocambole
Rola mole
Winehouse cantou
Slick Rick se fez
Cool Keith
Kant kennt die Bundeskanzlerin
Can't cancel Kurt Cobain
Sick lips
Throat: deep
Vou comer
Cocôgumelo
Vou comer Kuh
Mas sou vegana
Lieber Dirty
Liberdade
Ai as brasas sobre nós
Um hill silencioso
Um leiser Bach
Em Lauterbach

[REPEAT CHORUS]

[OUTRO]
Cento e tantos céus não vistos
Da cela suo meio cega
Espero habeas corpus e banho
Antifúngico pra cabeça piriquita e unha esquerda
Escrevo isso entediada
A companheira de cela vigia a rima
Desconfia que não falo tantas línguas
Mas eu que não falo a língua dela
Misto de vergonha alheia e tinha (a doença)
Coço o quengo até sangrar
Quero muito sair daqui em pé e a pé
E quengando
Uma ideia ambulante
É isso que sou
Ida, Ho!

o que ela quis dizer quando falou "calma, monga"
e reclamou que eu era muito malcriada?
só porque não aceitava a caridade dela?

essa gente vem aqui como se fôssemos atração turística,
um seriado, Prison is the new Zoo. coloco esse povo
no seu devido lugar. um dia me arretei e falei que ser

catraia de circo não está incluído na minha pena,
    que eu sequer
sabia qual era. tirei o uniforme e saí do pavilhão pelada
como Deus me fez; quando passei pelo pátio, a curraleira

quase cai pra trás. nua eu não estava, estava ainda de calcinha,
a diretora gritou "se vista, Vashti". a professorinha teria gostado
dessa aliteração de merda. então lhe mostrei a bunda.

foi quando senti o papoco.

garrote, véi,
garrote!
me peguei gritando
enquanto limpava o chão do estábulo

garrote! era o que eu gritava
enquanto via
meio Rosa Egipcíaca
o menino Jesus
via São Salvador Puig Antich
o último condenado à morte
por garrote, morto
por não gostar de Franco
por ser anarquista um
garoto! era ainda

garrote! o que eu gritava
quando chegaram os técnicos
carcereiros ou veterinários
sei lá quem eram
e me deram dose cavalar
de qualquer coisa para me calar

mas se sou vaca não cavalo
como eles mesmos me xingam e alardem
para que então tamanha dose?

era ainda garrote...
o que eu mugia
enquanto pensava babando
na fila do abate ou "apenas" abatida
que só não fariam igual comigo
porque há leis que os impedem

a tiros ou a pauladas é feio mas aceitável
ainda que espalhafatoso e às vezes até escandalize
quem mesmo assim me come
não se pode subestimar a dissociação cognitiva dos homens

já por garrote só não me matam por decoro
mas certamente até assim me matariam
se pudessem

A terra
porcos ao sol ortografia
é preciso telefonar mandar zap visualizar
domingos cruéis sem visita
tuberculose
jaca estampido cheiro de queimado tijolo veganismo
o amor a timidez a injustiça social o ensino precário

A farda
os dias são muitos são demais não lamentemos
há chances

Corpo
Hemoptise
Siará
Boca do leproso
Gullar
Herpes
Sarna
Tatu-bola
tão fofo
Tatupeba
Mutirão
Motim
Rebelião
Tatu-Bope
Chacina

quando acordei dolorida e zoró
parecia Charla Nash
a moça que foi comida viva
por Travis, um chimpanzé separado dos pais
aos três dias de vida, comprado ainda bebê
por 50 mil dólares por um casal de americanos

Suzy, a mãe do chimpanzé, tinha sido
sequestrada de alguma floresta na África
e levada para o império onde
foi assassinada a tiros ao tentar fugir do cativeiro
provavelmente em busca do filhinho roubado

13 anos depois Travis num compreensível acesso de ódio
comeu a melhor amiga da humana que o comprou e ele,
como a mãe dele, também foi assassinado a tiros
pela mesma polícia para quem antes Travis
dava xauzinhos quando a viatura passava

a polícia que me deformou foi outra
esfera de vigilância extraoficial e superpoderosa
esquisita teia de conchavos
entre diretores e chaveiros
o sistema prisional é o períneo do direito,
pústula

dilacerada das convulsões
e das porradas se encontrava a minha língua
me calar me calei, como queriam
mas Nise pirateou pra mim
um delineador preto
e um rolo de papel higiênico
que usei de pergaminho

nas semanas seguintes me entupiram de brometo
escrever era difícil de tão abilolada
de cada 10 folhas 11 eu jogava fora
o resto ficou martelando na minha cabeça

a certa altura a professorinha
parou de dar as caras
já tinha defendido seu doutorado
falando de seus feitos como voluntária
de uma non-governmental organization

quando minha língua finalmente desinchou
recitei mansinha uma série de paródias, impropérios
só pra fazer raiva à diretora à curraleira

Autobiografia literária na Idade do Ferro

> *Quando eu era criança*
> *brincava sozinho num*
> *canto do pátio da escola*
> *totalmente só.*
> FRANK O'HARA

"Quando eu era criança
brincava sozinha num
canto do pátio do castelo
totalmente só.

Eu odiava a corte e eu
odiava jogos, animais eram
perigosos e dragões
nos levavam pra longe.

Se alguém me procurava
eu me escondia atrás de
um salgueiro e berrava eu sou
uma bastarda.

E aqui estou, o
centro de toda a realeza!
aprendi a ler e a escrever!
Quem diria!"

Autobiografia literária no Capitaloceno

> *E aqui estou, o*
> *centro de toda a beleza!*
> *escrevendo estes poemas!*
> *Quem diria!*
> FRANK O'HARA

"Quando eu era criança
brincava sozinha num
canto de casa
totalmente só.

Eu não entendia outras crianças e
evitava brincar com elas, vovó
dava meus bichos pra outras pessoas,
até meus passarinhos.

Se um tio torto me procurava
eu me escondia onde desse
e em silêncio pensava que inferno ser
a filha mulher da mãe solteira.

E aqui estou, o
centro de toda a insolência!
viva e escrevendo!
Quem diria!"

Valsinha da mulher pobre #1

Ninguém podia fazer xixi
VINICIUS DE MORAES

Era uma casa
só temporária
não era minha
era alugada

Eu não podia
reclamar não
porque não pude
pagar caução

Eu não dormia
a noite inteira
porque a casa
tinha goteira

E nem podia
sair dali
porque não tinha
pra onde ir

Ficava longe
em bairro deserto
na rua dos Pobres
número zero

Valsinha da mulher pobre #2

> *É da natureza desta justiça*
> *que sejamos condenados não só em completa inocência,*
> *mas ainda em completa ignorância da lei.*
> FRANZ KAFKA

Era uma justiça
autoritária
feita pros homens
esculhambada

Mulher não pode
reclamar não
porque nasceu Vashti
e não Carlão

Ir à polícia
ela tem medo
porque a polícia
diz que é bem-feito

Se aos amigos
ela pede ajuda
o estuprador
processa por injúria

Se denuncia
o degredo é certo
pra rua das Putas
número zero

Cantiga de ninar adulto

Vaca queimada
quem foi que te queimou?
        Foi a santa inquisição
        que por aqui passou
estado e igreja
não tão pra brincadeira
pega essa vaca
e joga na fogueira

Decapitada
quem que te degolou?
        Foi um padreco tarado
        que me estuprou
Não polemize
com a santa igreja
pega essa mula
e cortem-lhe a cabeça

Vaca imigrante
quem que te deportou
        A polícia de fronteira
        que aqui passou
Donos de terras
subiam mil cercas
pega essa vaca
e deporta ela

Vaca sem-teto
quem foi que te expulsou
        Foi o dono do imóvel
        que me despejou
Locador não perdoa
a vaca que não paga
pega essa inquilina
enxota ela da casa

Vaca malhada
quem foi que te malhou
       Foi o latifundiário
       que me escravizou
Agronegócio
nos mata sem pena
pega essa vaca
e mata à paulada

Vaca furada
quem que te esfaqueou?
       Foi o meu próprio marido
       o que me matou
Machismo mata
mas ninguém se importa
pega essa vaca
e desce a porrada

O xilindró
releitura de O açúcar, *de Ferreira Gullar*

O prédio cinza que abriga meu corpo
nesta manhã nesta cidade
não foi construído por mim
nem surgiu do chão por milagre.

Vejo-o robusto
e imponente ao olhar
quase como o corpo de Xerxes, meu Farol
na Barra, corpo
que me salva do escuro. Mas este prédio
não é para isso nem foi feito por mim.

Este prédio veio
de projetos de empreiteiras escusas, mas tampouco
    o fez Sr. Ricaço,
dono da empresa.
Este prédio veio
de uma olaria distante
num estado pobre
e tampouco o fez o dono da olaria.

Este prédio é de tijolos
que vieram de olarias quentes
que não nascem por acaso
no regaço de Pindorama.

Vindos de cidades perto, porém longe, onde não há hospital,
nem escola,
homens que não sabem ler e morrem
aos 27 anos
empilharam e rebocaram os tijolos
que virariam este presídio.

Antes, em olarias calorentas,
outros homens de vida fria
e dura
produziram os tijolos
sem saber que virariam este prédio
que separa meu corpo da liberdade e que um dia pode vir a separar o deles.

galinhas

> *Logo ao chegar, notei que me despersonalizavam. [...]*
> *uma vez por dia deixávamos a gaiola – um, dois, um dois.*
>
> GRACILIANO RAMOS

um
cedo abrem esta porta pra que eu saia
o ferrolho muito humilde pede óleo
presta há anos um serviço diligente
muito seco em liga ruim e tinta velha
azul clara como o céu e a depressão
a luz do sol me encandeia: é meio-dia
suei em bicas no escuro 12 horas
eu não de falo de boate sim de cela

dois
para abrir o portal é preciso duas balofas carcereiras de trás
dele sai toda sorte de bichos esposas dedicadas amigas
namoradas mães empregadas desempregadas súditas
prostitutas todas filhas de alguém todas presas políticas duas
horas diárias de radiação solar nos antebraços são suficientes
para produzir quantidade ideal de vitamina D nem mais nem
menos aqui não há luxo o sistema economiza assim o dinheiro
que gastaria se nos oferecesse legumes frescos ou qualquer
coisa minimamente engolível além do choro e do orgulho

um
o sol é o que nos resta
mas ainda há corpo
mesmo que eu suba num tamborete
e fique na ponta dos pés
como no cabaré
nunca alcanço o ângulo do sol
o dia eu só sei que nasce
por causa da claridade
mas isso é uma aposta

pode ser que seja um holofote
a luz do presídio-modelo
em busca de galinha fujona
ou vaca

dois
descemos dos beliches
como as frangas dos poleiros às vezes
como elas me recuso a obedecer
sou um bicho do meu tempo

os meus ovos confiscados
escondo anotações clandestinas
nas calhas do terreiro
cisco agoniada o pátio

queria me limpar tal como as lontras
esse uniforme não é meu e fede
poliéster faz qualquer um suar mais rápido
a catinga vai ficando para sempre

um
nas manhãs em que nos deixam ouvir música cada vez que o
disco acaba parece que caímos do céu voltamos estateladas
do pátio o uniforme encardido os sovacos amarelados ouvi
dizer que as vacas voltam voluntariamente pro curral quando
o vaqueiro toca música clássica vovô setemares me dizia o
mesmo também eu se escuto tambores ando por chamado ou
medo depende do contexto me lembro que na pérsia quando
tocavam tambores era porque lá longe se viam
cavalos

dois
tritura minha moela as pedras da memória
guardo no meu papo fotos inconceptas
a cloaca diligente se livra do supérfluo
sento nesses pintos porque gosto e é quentinho

um
quando o doutor sem doutorado
medroso que só boi de cu branco
adentra o galinheiro com gel no implante
e paletó apertado tira da pasta feita do que foi
outrora mansa vaca um livro
não é o código penal mas deveria

o doutor sem doutorado cita Ezequiel
pra nos negar uns habeas corpus já meu corpus
caga e anda sou galinha não sou otária
a duras penas esfarrapada
se caga na salmonela que lhe causo
mas é ele que me janta, sua canja

dois
dermanyssus gallinae conhecido pelos nomes comuns de
bicho-de-galinha, quiquito, pichilinga é um ácaro parasita
com até 1 mm de comprimento e comum nas aves a pichilinga
é cosmopolita viaja quando cheia de sangue tem coloração
avermelhada em alemão pichilinga tem o literal nome de
piolho vermelho parasita galinhas, perus, pombos e pássaros
em cativeiro, sendo assim considerada praga importante na
avicultura pode causar dermatite nas pessoas que trabalham
nesta atividade o que eu mais gosto dela é que um dos seus
nomes populares é quiquito eu juro haha

um
que alento saber que ao cair da noite
em que completas 32 anos
um preá se alimenta
com medo das jaguatiricas
e às pressas
mas muito
em alagoas
e eu daqui às pressas e muito
sopro a mesma vela

do ano passado
e do outro
quando fizesse trinta anos
Xerxes
e eu ainda solta
te amava muito
e às pressas

dois
listo os fatos do meu corpo
ele é tudo que tenho e conheço
como se eu fosse meu próprio documentário
misto de fossa e Nilo
a fauna a flora que produzo
além de outros fenômenos dignos de nota
as cataratas do meu boga
humilhado num surto de cólera
ou de maculo as erupções os abscessos
testemunhas de uma luta entre agentes invasores e
    minha defesa
durante essa batalha forma-se pus
resultado humilde e diligente do processo
já meus gêiseres são causados por enlatados podres
desertos alimentares fome de comida nenhuma não deve
    ser pior
que a fome de comida péssima
comédia
comida com larva e lesma
parceria curral e nutrifastio®
sempre descumprido o contrato
que consiste em 150 gramas diárias de mim mesma
enchem a comida de osso para atingir o peso combinado
na fajuta licitação ossos esses que depois eu mesma afio
e que poderia usar como arma
mas uso como caneta:
quando a poesia é boa
tem mais ou menos o mesmo efeito

um
apesar da fome e de todas as tecnologias
já disponíveis para coleta de menstruação
quando estou naqueles dias tiro
o miolo do pão pra botar na calcinha

apesar de todas as tecnologias já disponíveis
para controle da fome a fome à qual aqui
me submetem me força às vezes a comer
miolo de pão à cabidela de menstruação e às vezes
a compartir o pão e a calcinha com as outras

quando o pão é muito velho não absorve bem
sangue, é bom pros pombos não pra gente
mas não havendo outra opção vai pão dormido mesmo
não é ideal pois o sangue que escorre pelos lados
é perigoso com tantos tubarões à espreita
tiranossauros homens

dois ventos
na época do caju as galinhas apresentam os
    seguintes sintomas
conjuntivite cocô verde torcicolo e asma
o bico fica aberto é ruim e faz calor
a época do caju é a época do vento nordeste o vento cécias
um dos quatro ventos menores: Nordeste é a região
com o maior cajueiro do mundo que visitei logo depois que
    foi plantado
em 1888: dez anos antes do primeiro surto registrado da
    doença de newcastle
que causa conjuntivite cocô verde torcicolo e asma
asma é o sintoma da queima do canavial cuja fumaça o
    vento leva
Nordeste afora o vento que assopra fumaça
atrai multinacionais que se espalham pelos sertões
o maior parque eólico da américa latina fica na cidade baiana
    de Caetité

onde se luta contra elas e onde nasceu Waldick Soriano
que como eu também era nordestino
e também foi julgado sem saber por quê

Quinguingu ao luar

releitura de canção popular que aparece em O Cabeleira, *de Franklin Távora*

Vashti vem cá
vem cá nos contar
como tens passado
no canavial?

Mortinha de fome
sequinha de sede
me sustentando
em canções de protesto
e caninhas verdes

Vashti vem cá
vem cá nos contar
como te prenderam
no canavial?

Eu me vi cercada
de capangas e tenentes
cada pé de cana
era um pé de gente

Vashti vem cá
vem cá nos contar
como foste parar
na colônia prisional?

Aguardei encafuada
a prolação da sentença
sendo "morte social"
o nome da minha pena

*Vashti vem cá
vem cá nos contar
como deixaste
a colônia prisional?*

Quando fugi da mucura
saí diferente
metade era bicho
metade gente

Não existe prisão feita de aço
que com murro eu não parta pelo meio
Num momento eu acabo com o esteio
que alguém, pra fazer, gastaram ano:
tiro telha, quebro ripa e vergo cano
de metal ou de aço bem maciço
Você morre e não faz este serviço,
só faz eu porque sou paraibano

DINIZ VITORINO EM BATALHA CONTRA OTACÍLIO BATISTA, ENSAIO MPB, 27 DE AGOSTO DE 1973

LIVRO 3

SETEBESTAS-FERA

[...] cantar o sofrimento de alguns monstros [...].
MARY DEL PRIORE

prólogo em 80 bpm

Toda gente já conhece
a história de uma vaca
que pariu na Pérsia antiga
como exemplo divinal
uma Bezerra turina
pela metade menina
a outra metade, animal

A história dessa vaca
em papiros e cordéis
muitas vezes foi contada
mas a história dessa filha
nunca antes foi narrada
só se sabe de meu nome
sendo Vashti a minha graça

Asmática e degredada
carente de sobrenome
eu já nasci caminhando
só não sei até aonde
misteriosa bruaca
talvez gente talvez vaca
corria da lei dos homens

Eu passei por tanta terra
que escrever a minha história
se tornou minha tarefa
minha andança diligente
carece de mais registros
é por isso humildemente
que eu escrevo tudo isso

Se a leitora se agradou
vire logo essa folha
porque a história é longa

mas precisa ser contada
pois tem bem uns três mil anos
que Vashti saiu andando
uma injustiça danada

VACA

> *Curral é prisão de vaca*
> *Porteira grande é cancela*
> *Casa é morada de gente*
> *Língua de pau é tramela*
> JOÃO MELQUÍADES FERREIRA DA SILVA,
> "O CANTOR DE BORBOREMA"

Redonda robusta barbatoa
e confiável: eu
que apesar de
mocha, mansa, manzanza
logrei a fama de braba
só organizei motim
por me ver aperreada
com chocalho no pescoço
e ainda por cima algemada

Vaca sempiterna
ou Estrela de Patativa
cozida assada e de molho
carrego na cacunda
nos quartos ancas e cascos
teus bruguelos teus brebotes e teu rabo
saco de capim cana-de-açúcar e tijolo
carrego sem querer também
servindo cerzindo cozendo
por salário não por gosto
e às vezes até de graça
o que ordenhei de minhas tetas
que vocês tomam e tomam da gente a pulso

Queria mandar todos irem se fuder
e estou mandando
me faz sentir bem uhum ok
mas não muda nada

melhor que ficar muda claro
mas mudar não muda

É insuportável
mas eu vou fazer o quê?
me matar?
feito o Boi da Mão de Pau?

BOI

> *vou caminhando até encontrá-lo*
> GABRIELA MISTRAL

Pela fenda das telhas humildes
passa um facho de luz
que para na parede da mucura
desenhando iluminada bolinha
ali se encontra meu homem

Quando ele muge desce a paz sobre o mundo
boi-cavalo urubu-rei divino marmanjo
a quem batizaram de Solimões
mas só eu sei seu verdadeiro nome
já que humanos não falam Mu

O santo que dele cuida
é cuidado também por ele
relação bonita de trabalho mútuo
entre foice estrume palma e infinita paciência

Pra lá e pra cá abana o rabo de Solimões
piscam os olhos de cílios grandes
espantando as moscas
que enchem o saco os olhos o cu

Se houver galocha galocha há
contra jararaca ou larva migrans
mas se não tiver não tem
e se morre ou se sobrevive

Bom pra cobra é cobra
Bom pra asma é cobra
Bom pra mim é tu

PIRANHA

> *por ter ido tão longe*
> *não me alcançavam as flechas*
> GABRIELA MISTRAL

A culpa dos outros
não serem o que querem
é a piranha da terra
animal versátil e valente
quem carrega

Bode expiatório do viçar alheio
alvo do recalque daqueles
que querem me dar de comer
ou dar ou comer cu
mas não ousam
sem coragem de negar a monogamia
tampouco de praticá-la
enchendo as parceiras de doença e gaia
culpam a mim piranha da terra
por ter me livrado de caçuá e cangalha

Odeiam insolente
e insubordinado bicho:
sonsos em geral
punheteiros seriais
celibatários involuntários
os fofoqueiros do bairro

Dá a gota serena e a piranha não se acaba
pense num animal vigoroso apesar
de todo o esforço para sua aniquilação
e mesmo ferozmente perseguida
a piranha da terra se adapta para não morrer
e sabendo manejar marés e caminhar caminhos
não entrou nem entrará em extinção

CABRA

> *Muito cabra daqui é capaz de comer rato...*
> *com a fome que andam.*
>
> JORGE AMADO

Cabra pode ser um eritema das pernas
provocado pelo calor do fogão a lenha
eu tenho muito: uma cabra com cabra

Cabra pode ser também uma pessoa:
um cabra, assim mesmo, artigos mesclados
categoria racial mas não somente

Só entre 1806 e 1884 foram contados
entre escravizados considerados cidadãos nacionais
25 caboclos 33 pretos 37 pardos
285 mulatos 299 crioulos 377 cabras

Mas um cabra não era todo "homem de cor"
indicava sobretudo marcador de insubordinação
eram moradores das fazendas
trabalhadores rurais
muitas vezes ligados aos canaviais
agregados
meeiros
curumbas
cassacos
caatingueiros
entendidos como fanáticos
perigosos
violentos
por questionarem certas relações de trabalho

Homens bestializados
pelo seu sábio desrespeito
ao latifúndio: um cabra
da peste

Essa complicada tecnologia imperial
dava nome pejorativo à tentativa de união
de trabalhadores livres e pobres
com os escravizados

Um menino nasce e ganha
nome de santo e sobrenome de seu dono
se se rebelar, vira gente ao virar cabra
pode até mudar de nome, se quiser
quem nunca? Cabeleira, Corisco, Dadá
Cabrita é o nome do filhote
que a cabra tem com o bode
também pode ser apelido
era como carinhosamente
vovô Raimundo me chamava
às vezes me chamava de cabocla
mas vovó não aprovava

Cabra é a fêmea do bode
bicha em diálogo com a terra
nada chega aonde chega a cabra
sempre perambulando ao longo de rodovias
pulando cercas
leva os muros do próprio cárcere
ambulante prisioneira
uma cabra tem as manhas
os carinhos
os dengos
os bafafás
as futricas
a vontade de dar
e de dar e receber

Eis porque é a cabra,
de todos os bichos da fazenda
a realista, só ela denuncia maus-tratos
e os revida: marruada é invenção sua
berrar é com ela mesma

MULA

> [...] *"abaixo de Deus eles deviam ao jumento ainda estarem vivos"*.
> JORGE AMADO

Ontem me arrancaram a cabeça
sofri o ódio dos homens
os dedos deles em riste
por isso eu saí andando

À Maria no desterro eu dei carona
seu degredo por outros decidido
para salvar a vida de um filho
que carreguei no fofo do meu lombinho
como se eu mesma o tivesse parido
essa marca que tenho nas costas
de slut-shaming e mijo
vocês acham que é de quem?
mas nem isso os sensibiliza
vou tangendo os bois como a vida
apenas aparentemente sem cabeça, perdida
a metáfora é estranha eu sei
mas não é mentira

Potranca de Menelau
mula tangerina e vaca
a pé como os bichos
guiada e guiando
pisoteada e pisoteando
sumindo como o onagro persa
aos poucos e brutalmente
substituída por motocicletas

No exercício do êxodo eu vejo
as etapas das salinas
minucioso trabalho da terra

carregado por patas como as minhas
Solimões carrega o carro que leva
o nome dele e leva também
trempe estilador lata jirau menino e panela
para cada 18 quilos de terra
vosso quilo de sal
o câncer de nossa pele

Do outro lado do oceano
um menino foi enforcado em praça pública
em 18 de janeiro de 1801
por roubar uma colher
Andrew Brunning morava na rua
roubou um talher quando nem o que comer tinha
tudo que ele tinha era pouco
inclusive os anos, treze

E em outro continente ainda
para cada menino morto nas minas
antes dos 18 diamantes de 18 quilates
que algum corno em são paulo dará
a uma esposa infeliz para que largue
o amante dela ou perdoe
o amante dele
curioso mesmo é que no fim
seja eu a sem cabeça
sendo que nenhum dos dois sabe
que o abençoado feijão de sua mesa baronal
brota de lágrima suor e grito
e não fazem ideia
quem colheu o sal
quem minou a pedra
quem limpou a fossa
quem morreu de fome
quem fez a comida

GUAIAMUM

> *Fio pra nascer tem que ter pai*
> *Mas você que não tem pai*
> *É fio de guaiamum*
> ELINO JULIÃO

O ciclo reprodutivo dos guaiamuns está
intimamente ligado às fases da lua
no período de desova as fêmeas emigram
até cinco quilômetros para o mar
eu que ando pra frente e tenho pernas de uns 80 cm
preciso de 70 minutos pra andar o mesmo percurso
a guaiamôa com suas perninhas bem menores
e andando de lado precisa de um a dois dias

Na época de desova a carapaça da guaiamôa muda de cor
é o jeitinho dela de dizer que tá pra jogo
a fertilização é poligênica e interna que ela não é otária
ela armazena e mantém depois da cópula
espermatozoides ativos em duas espermatecas
repito: ES-PER-MA-TE-CAS
sim, uma biblioteca sendo que de gala
que se comunicam com as duas gônadas
o que lhe permite fecundar os ovócitos
sem ter que perder tempo com macho

A LA URSA

> *Era a coisa mais linda do mundo.*
> MARIA DE LOURENÇO
> EM ENTREVISTA A MARILIA SANTOS

Eita calor do caralho
aqui embaixo dessa estopa toda
saracoteio desde manhã cedo
com minha trupe abichando dinheiro!

Suando em picas e dando pinote
o meu caminho eu vou abrindo a grito
nunca vou só porque sozinha é feio
se vou sozinha até vou ligeiro
mas em conjunto a gente vai mais longe!

Sou a La Ursa e quero seu dinheiro
não só para mim mas para todo mundo
meu peneirado prova a que veio
eu sou La Ursa ensinando ao mundo
que bicho é gente e merece respeito!

Aquela corda não se usa mais
e o Caçador já virou meu amigo
o Tesoureiro junta o dinheiro
que ele depois dividirá com todos
(tu achasse mermo que eu ia rimar "comigo"?!)

Quem muito tem mas sem compartilhar
quem vive de explorar trabalho alheio
ou quem vive do aluguel dozôto
o nome desse não é pirangueiro
e nesse caso tá bom de aprender
que a gente vai expropriar você!

Bicha comuna de papel machê
sou barulhenta berro o que penso
se incomodo é porque brilho muito
vamos atrás eu e o meu conjunto
sou besta-fera exigindo direitos!

Espalhafatosa bicha à fantasia
feita de estopa ou de samambaia
a pé dançando subindo ladeira
posso pernar a minha vida inteira
da Pérsia Antiga até o Bairro Novo
em nome da divisão das riquezas!

Bestiário #1

> *(sem ofensa para os porcos*
> *vivam os porcos!)*
> ADÍLIA LOPES

Vaca
Cavala
Piranha
Galinha
Baleia
Porca
Cachorra
Víbora
Lesma
Cobra
Burra
Jumenta
Besta
Anta
Gado

Bicho-grilo
Mata-burro
Barata tonta
Mosca-morta
Bicho-papão
Mão de vaca
Febre do rato
Bode expiatório
Boi de piranha
Boi de cu branco
Amigo da onça
Metida à besta
Bicho do mato
Operação tartaruga
Bicho de sete cabeças

Virar bicho
Comer mosca
Pagar o pato
Fazer porcaria
Fazer asneira
Estar com a macaca
Estar bichado
Ir pentear macaco
Matar cachorro a grito
Dar com os burros n'água
Fazer papel de besta
Matar a cobra e mostrar o pau
Atirar o pau no gato

Bestiário #2

> *Ofereçam ao Pai o cansaço dos velhos cavalos,*
> *burros, jumentos e bois.*
> DOM HÉLDER CÂMARA

Quando uma pessoa ingressa numa universidade
é nomeada e tratada como bicho
o tom é negativo

Bicho é uma gíria
interjeição ou tratamento coloquial
de tom neutro
popularizada por Roberto Carlos
que de neutro tem bem pouco

É o bicho
é uma gíria elogiosa
a única que eu conheço que faz jus aos bichos
usada obviamente no Nordeste brasileiro
que também não é neutro
é o bicho

Bestiário #3

a La Ursa quer dinheiro
quem não dá é pirangueiro
SABEDORIA POPULAR

Diferente das moedas anteriores
o real não traz na sua nota
personalidades históricas
mas sim animais da fauna brasileira

As famílias das pessoas homenageadas outrora
como a do poeta Mário de Andrade
já haviam reclamado da cara do parente nas notas

Além disso a moeda precisava ser cunhada rápido
não havia tempo hábil para negociar com famílias
optou-se assim pela solução mais rápida
e que jamais reclamaria

Diversos bichos foram considerados
a piranha
o tucunaré
o lambari
o lobo-guará

Já vacas
porcas
galinhas
jumentas
cabras
a La Ursa
a Monga
o Boi Fubá
o Bode Ioiô
a Vaca Estrela
o Chupa-cabra

Caramelo, o doguinho
apesar de serem bichos
que muito fazem pelos brasileiros
não foram considerados bons candidatos

Por fim escolheram
beija-flor
garça
arara
onça-pintada
garoupa
mas nenhum deles
ou suas famílias
foram consultados

Bestiário #4

> *Não venho mais no Salgado*
> *Nem que eu morra de fome*
> *Porque lá me aperrearam*
> *Tudo quanto foi de homem*
> FABIÃO DAS QUEIMADAS

Os bichos que não foram comidos morreram de inanição
no cerco a Leningrado

Primeiro sumiram os gatos depois os cachorros
depois os pássaros e com o tempo sumiram até os ratos

Cavalos famintos caíam mortos enquanto arrastavam
carroças cheias de pouca comida para tantos humanos

Uma das táticas usadas pelos nazistas para vencer os soviéticos
foi o Plano Fome que os nazis cumpriram à risca

O cardápio incluía papel de parede, argamassa, sopa de couro
    fervido
às vezes incluía gente

64% dos canibais eram mulheres viúvas ou mães solo com
    filhos pequenos
o que me faz lembrar de "Vietnã", aquele poema de Wisława

Foi criada uma espécie de gelatina que servia de ração humana
extraída de porco galinha ou boi

Os bois antes de virar gelatina eram forçados a puxar carroças
carregadas de livros para a fogueira, eu vi

No campo de trabalhos forçados Paul Celan subnutrido
    enchia de livros
as carroças que aboiava rumo ao fogo, eu vi

A fome que em Leningrado matou um milhão e meio de russos
matou entre 1875 e 1900 uns dois milhões de nordestinos, eu vi

Uma flagelada, acossada pela fome, matou os filhinhos.
Foi presa, seu retrato cavalar ilustrando uma revista no rio de
    janeiro, eu vi

Em Gaza segundo a ONU 63% das casas viviam em estado de
    insegurança alimentar
antes do sete de outubro, eu vi

E ainda há quem reclame de Fabiano que matou Baleia
e de Sinhá Vitória que comeu o papagaio, eu hein

Bestiário #5

O animal como coisa
A vaca como coisa
A doida como coisa
A mulher como coisa

O animal como o animal
A vaca como a vaca
A mulher como a mulher
A coisa como a coisa
A doida como a doida

O boi come a vaca
A piranha come o boi
A mulher come a mulher
O homem come o homem
O homem come a mulher
ou seria o contrário?

O corno como o corno
O veado como o veado
O bicho como o bicho
A bicha como a bicha
A piranha como a piranha

A Monga presa como Vashti
Vashti livre como a La Ursa
A La Ursa quer dinheiro
quem não dá é pirangueiro

Cobra para curar asma
Cobra para curar picada de cobra
Pele de cobra para curar
não sei qual doença dos porcos

Mas quando a cobra fica doente
fica doente de quê?
Quando a cobra morre
se não morre de morte matada
morre uma cobra de quê?

Do que uma cobra precisa?
Como a cobra se automedica?
Será que ela também fuma maconha?
Será que ela também se esfrega
no tronco da copaíba?

Nos primeiros quatro séculos de formação do Brasil, inumeráveis rebanhos de gado conduzidos por boiadeiros, tropas de mulas e cavalos, índios, Santa Inquisição, onças, beija-flores, naturalistas, escravos, cavaleiros, cães, missionários e galinhas formam uma legião, uma estranha rede na qual [...] os atores não são comparáveis e, no entanto, estão todos envolvidos na mesma história [do Brasil].

ANA LUCIA CAMPHORA

LIVRO 4

EPITÁFIO PESSOA

A avalanche de nordestinos que avança sobre São Paulo cria dificuldades para a administração pública. Para nós, paulistas, a solução rápida do problema tem grande importância. É preciso tomar uma série de providências para evitar que a população do estado de São Paulo venha a sofrer, na sua saúde, com a entrada abrupta de tantos milhares de nordestinos, muitos dos quais são portadores de moléstias contagiosas.

EDITORIAL D'O ESTADO DE S. PAULO,
1º DE MARÇO DE 1952

DISIDROSE

Apesar de todos os cuidados preventivos
sobriedade exercícios físicos terapia roupa de algodão
vegetarianismo
as águas do meu corpo endoidam
e afluem como os rios
que vão dar no São Francisco
meu pé esquerdo virando foz
onde se encontram

Peleja aí bolhosa pororoca
febril e inchada
implode em minigêiseres
que me tiram o sono
em desembestada coceira
e uma lista de paliativos
que nunca curam só aliviam
e às vezes nem isso

Com as pastinhas de cura-facada
colhidas no monturo me uno macambúzia
à sabedoria de velhos caboclos
e garimpeiros
me rendo à toda sorte de meizinhas
babosa gelada
canjica branca de fazer munguzá, fervida
e, tal qual os bichos,
óleo de copaíba

Pomadas com ácido salicílico também ajudam
além dos truques mecânicos
cortar a unha até o toco
gelo
gelo de novo
pinça
agulha

álcool 70
pés pra cima e choro

Tudo que sou deixo de ser
pra me coçar, cachorra de rua,
metáfora

DA ÁGUA

Hidrocele
Disidrose
Barriga-d'água
Diarreia
Disenteria
Desidratação
Hidrocefalia
Amebíase
Cólera
Leptospirose
Hepatite A
Esquistossomose
Febre tifoide
Diabetes
Prisão de ventre

Doenças das águas
do excesso
ou da falta
ou do medo de faltar
versão potável
por perto

Do outro lado do rio imenso,
Cabeço, engolida pelas águas
do mar exagerado, avançando rio adentro,
é Sergipe, ali, alcançável a nado
desde esse lado onde tudo é
latifúndio
migração
cana
coqueiro-anão

O que matou Baleia não foi a hidrofobia
foi antes a suspeita

Deve haver ainda outras
moléstias que desconheço
além das mesmas de sempre
que desde sempre
me preocupam:
asma
disidrose
eczema
solidão
sarna

SARNA

> [...] *o verdadeiro perigo infeccioso que representa*
> *essa legião de nordestinos incapazes, aleijados e doentes,*
> *praga social a espalhar o vírus da desordem e de todas as moléstias* [...].
> GAZETA DO NORTE, MINAS GERAIS, 1935

Na mucura manauara
pra onde me levaram depois
de ajudar Ajuricaba a fugir
escutei um dos guardas
contar que vendia clandestinamente
muitos dos meus livros apreendidos
pois a procura era grande e o lucro era certo
(eu nunca nem vi a cor da bufunfa)

Estava eu na cela compartilhada com
outras mães companheiras filhas de manaós
rebelados ou meninas rebeldes que mataram tios
tarados, com razão, quando um dia o chefe da prisão
    me chamou
para perguntar por que eu estava presa
já que ele mesmo não sabia kkk

A certa altura fizemos protesto
pelo fim de pulgas, percevejos, calor e catinga
um motim inclui bater canecos
jogar bosta nos recrutas em visita
cuspir nosso escorbuto na cara de quem chegasse perto
greve de fome a gente tentou mas aí é que tá
nem o que comer tinha

O que se queria era o básico: um pé de juá no pátio
pra aliviar nossas coceiras que nos dessem
vinagre e aroeira pra usar em banhos de assento
e violeta de genciana pra remediar candidíase
que mais cedo ou mais tarde compartilharíamos

porque era tanto estupro que Deus nos livre
mas a água era tão suja que
nunca daria certo de todo jeito

Quando todos prisioneiras e guardas
pegaram sarna na prisão
fizeram só conosco o mesmo que depois fariam
em Treblinka e com Carmelita Torres cruzando Ciudad Juárez:
fumegaram a gente com DDT e Zyklon B
praga se elimina com veneno, disseram
só não disseram a qual praga se referiam
ao ácaro, à gente?

CANDIDÍASE

Caramujo fungo cogumelo ouriço
ostra pântano charco floresta fossa
eu
os bichos
terríveis que levantam
acampamento em colchões celas
e sobrancelhas

Tenho na cabeça
boletos despejos preocupações
e entre as pernas
cultivo fazendas hortas
que produzem
champignons bolor levedura mofo
que se reproduzem e produzem
fluido amarelecido poesia ruim cheiros estranhos
comichão calor estresse água branca
que demandam
receita médica farmácias cotonetes elástico
fila paranoias piadas máscara lenços de borracha
para que o beijo grego seja higiênico ou eugênico

Fazem parte do corpo ainda
fronte têmpora cartilagem septal céu da boca
sonhos de adolescência
benzina valium heroína assuero xerxes abraão e jacó
seus assuntos, suas portas trancadas

Copinhos descartáveis exame de urina vibrador
diafragma O.B. DIU nuvaring
(marca registrada)
e outras siglas
indecifráveis
cabides agulha de tricô pessários
aspirador de embrião, de pó

seringa de plástico
clotrimazol etonogestrel etinilestradiol
vagina adentro
vagina acima
vagina afora
vagina abaixo

PRISÃO DE VENTRE

> *Minha dor de cabeça é da vida.*
> *E começou com o nascimento de minha mãe.*
> MARILENE FELINTO

Minha prisão de ventre me antecede
como a enxaqueca de Rísia
começou quando nasceu Adelaide, a mãe dela
ou como o azar de Ifigênia que começou com
Clitemnestra grávida: desde antes de eu nascer
eu já não cagava, constipação ancestral
que é certamente fruto de uma agonia anterior,
que desconheço

Há ainda a questão da infraestrutura:
ter prisão de ventre ou estar presa num ventre
não é como estar presa em Moria ou em Erechim
nos anos 90 a cidade inteira fedia
o pixo mais famoso do estuário aludia a isso
e o adjetivo mais usado era alma sebosa

Na frente da nossa velha casa
construída, como as outras, sobre um aterro
num bairro perigosamente próximo de um canal
onde moravam em mútua vigilância
quatro mulheres
um esgoto estourado reproduzia o humor da lua
tinha sua própria maré de bosta
diante dele as crianças da rua se reuniam
apontavam pra uma merda qualquer e
mangando me perguntavam
É essa a tua?
vocês não sabem desespero o que eu sentia
ao ver o que provavelmente era meu tolote
flutuando rua afora no pingo do meio-dia
fruto estranho navegando o bairro

ao longo do meio-fio
na grande fossa que era e é a cidade-estuário

Eu preferia não cagar nunca
a virar chacota das vizinhas
de quem eu já sentia vergonha:
elas, com suas famílias nucleares,
parentes funcionais, seus pais presentes,
seus cabelos lisos, seus traços finos, seus cachorrinhos
eu, filha de guaiamum,
meus tios tarados, meu pai ausente,
meu cabelo crespo, minha cabeçona, meu bigodinho

Perdi as contas das vezes que criança caguei pedra
a água do vaso se banhando de vermelho
como num parto, morta de vergonha e medo

MACULO

Era uma enfermidade endêmica
presente em muitas partes do mundo
mas que durante o período colonial
fez de Recife fiel morada
qualquer um sem água encanada
poderia desenvolver a doença

Outros nomes da moléstia: corrução,
mal de bicho, achaque do bicho, mal do sesso
Na américa espanhola ganhou ainda outros nomes:
enfermedad del guzano, el bicho, bicho del culo, mal del culo
e no kimbundu ma'kulu nascendo assim
o nome mais famoso da doença
título deste poema

Caganeira fruto de retite inflamatória
que poderia ser ou não causada
por infestação de larvas de moscas na pele do toba
cujos sintomas incluíam febre
muco malcheiroso
dor de cabeça aguda
ulcerações com relaxamento do furico
às vezes evoluía para a gangrena retal
quando vinham os efeitos neurológicos
entorpecimento, sono, delírio

Maculo é uma doença da pobreza, que mata

Para combater as larvas das moscas
eu espremia o sumo do tabaco no local infestado
Para a infecção propriamente dita
prescrevia banho de assento, enemas
introduzia fatias de limão no cu dos enfermos
ou aplicava pólvora em forma de pírola ou saca-trapos
Para a caganeira eu recomendava marmeleiro,

capim-gordura, catingueira
Uma vez vi no finado yahoo respostas
que o melhor método contra caganeira
é colar o cu com durepoxi
nunca ri tanto

Havia ainda os supositórios de pimenta-malagueta
e erva-de-bicho
que além de tratar maculo
também podia ser usado como abortivo
mas um dia me prenderam
acho até que foi por isso

CÓLERA #1

> *Os loucos vão ser finalmente*
> *mandados para hospitais!*
> MATÉRIA SOBRE O ENVIO DE NORDESTINOS
> PARA HOSPITAIS PSIQUIÁTRICOS
> GAZETA DO NORTE, MINAS GERAIS, 1939

Esta é já a terceira vez que grito com o espremedor de laranja:
espero que ninguém tenha visto.

Antes quase derrubo do teu quarto a porta, depois de deveras
falar contigo sem saber de teus fones no ouvido, e não obter
    resposta.

Esses dias me aboletei na frente de um alemão
que ousou passar na minha frente, na fila da Rossmann.

Eu sei que sob as regras de etiqueta eu estava certa
mas nas regras do racismo uma imigrante deve sempre ficar
    pra trás.

Ele protestou, reclamou seus direitos, dizendo eu cheguei
    aqui primeiro.
Na fila ou no país? pensei, e saber a resposta faria toda
    a diferença.

Quando eu respondi que havia uma ordem anterior à sua
    chegada, ele retrucou:
trranqvila trranqvila, assumindo que, não sendo loira,
    só podia ser hispânica,

ainda por cima assassinando a língua de Cervantes com sua
    pronúncia de nazi.
FALE COMIGO EM ALEMÃO, berrei indignada na língua de
    Goethe, cumprindo a profecia:

ele desatou a rir ao me ver perder as estribeiras, como seu
   preconceito previra,
sendo que eu estava de boas antes, apenas reivindicando meu
   lugar original na fila.

Não sei o que tem no mundo novo que me deram: antes sob
   estresse eu ficava triste,
implodia. Agora chuto as coisas, gargalho, quebro bibelôs,
   grito de volta.

Quando passa, penso: se o pânico é o gigante do minimalismo,
um ataque de cólera é o rei do espalhafato.

TRANSTORNO DE ESTRESSE PÓS-TRAUMÁTICO
releitura de um poema de Epitácio Pessoa

Ruídos,
pesadelos,
calafrio,
insônia,
pensamentos
intrusivos
são alguns
dos sintomas:
No meio do banho, em questão de segundos
A água escorrendo, eu sumo do mundo
Lembrando e lembrando, de repente, do nada
Do dia em que fui deveras esculhambada.
A vida piora,
paralisantes
os indícios:
taquicardia,
sudorese,
baixa libido,
hipervigilância,
irritabilidade,
tontura,
bruxismo,
distração,
dor de cabeça,
susto exagerado:
eis o transtorno
de estresse
pós-traumático.

A esta cruz eu suplico que o doutorzinho pedófilo
um dia se mate com chá de cicuta
que em baixa dosagem alivia a asma
mas na dose certinha
mata um filho da puta.

A PESTE

Quando chegou a vez de Xerxes
quase que ele se lascou de vez
O amado corpo definhava em
catarro pigarro
borbulhas febres
barulhos estranhos
humores
que saiam do seu quarto
onde se encontrava o gato do Xerxes
há dias trancado, os ratos roendo tudo

Com ciúme o imagino do outro lado
da parede, batendo punheta
quando na verdade a única coisa
que ele está batendo
é nas portas da morte
suando em bicas
sem sentir gosto
também eu batia à porta
para trazer-lhe o necessário
três batidas para a comida
duas se fosse água
uma só pra aporrinhar e lembrá-lo:
se tu morrer eu te mato

É 1907
a peste assolou
de Exu a Garanhuns
mas ninguém ligou:
comprei o gato-maracajá
de seu Célio e dona Alzira
achando que o problema eram os ratos
mas eram as pulgas

Se não morrer Xerxes vai andar
de skate e ser muito magro, no futuro
mais magro ainda que agora
convalescente em pústulas
tocará solos de guitarra que não serão
suficientes pra me conquistar
mentira serão kkk

Foi só quando ele quase morreu que notei
que se ele morresse mesmo seria muito triste
por vários motivos sobretudo porque
eu me sinto tão bonita andando na rua
depois d'ele me comer

RAIVA

> *É opinião generalizada nos meios científicos*
> *que a terrível moléstia da xistossomose,*
> *foi trazida pelos nordestinos para São Paulo.*
> EDITORIAL D'O ESTADO DE S. PAULO,
> 18 DE MARÇO DE 1952

Depois de tudo que passei
ficaram os cacos:
Tinido
Transtorno de estresse pós-traumático
Dermatite atópica
Disidrose
Eczema
Síndrome do intestino irritável
Asma
etc.

Há ainda as doenças temporárias,
que peguei por acaso:
Sarna, sarampo, papeira
Catapora, herpes, covid
Dengue, lombriga, gripe

Há aquelas as quais driblei,
sei lá eu como:
Cólera, filariose, varíola
Peste, esquistossomose, tracoma,
Oncocercose, malária, chagas
Lepra, leishmaniose, raiva

Se bem que raiva eu passo muita

CÓLERA #2

> [...] *imprestáveis, loucos, portadores de moléstias contagiosas, cegos, aleijados, papudos, tracomatosos, beócios, mendigos, prostitutas, vagabundos, mentirosos, criminosos* [...].
> GAZETA DO NORTE, MINAS GERAIS, 1939

No terceiro surto de cólera
que começou na rússia
e foi parar na inglaterra
matando muita gente
eu já morava aqui há um tempo
e a cólera veio também

Doenças são como as nuvens
viajantes insubordinadas
não conhecem fronteiras

Me acusaram de bruxaria
por receitar soro caseiro
para os doentes e
faxina para os saudáveis
dedurada eu quase morro
fugi de madrugada
e olhe que não curei poucos
mas para os fidalgos pouco
importam as vidas salvas:
para eles o importante
é que corpos operários
estejam sob controle e
que bebês estejam sempre
a caminho
custe o que custar
nos buchos das proletárias

no Nordeste brasileiro
a epidemia dos anos 90

durou uma década
com mais de 150 mil casos
felizmente com seu controle e eliminação
em 2000 apenas casos isolados
foram registrados

Numa googlada rápida
você fica sabendo que a causa oficial da cólera
segundo a oms
é um negócio chamado "pobreza"
e que o tratamento deve ser antibiótico
mas se a pobreza é a causa da cólera
do maculo e tantas outras doenças
não seria mais sensato
em vez de erradicar a doença
erradicar a causa da pobreza?

DOENÇA OCUPACIONAL

> [...] *o temperamento esquisito,*
> *avesso ao trabalho,*
> *do sertanejo baiano* [...].
> *Reina aqui, por isso, incrível miséria.*
> SPIX E MARTIUS, VIAGEM AO BRASIL (1828)

Hérnia de disco
bico de papagaio
joelho estourado
lesão no quadril
micoses
traumas generalizados:
doenças do meu ofício

Isso tudo é minha paga depois de passar anos curvada
sobre cus e periquitos
depilando pentelhos de homens e mulheres
e assim facilitando os boquetes
que talvez alguns chuparinos façam
mas nem sempre

Abelhas gostam de mel
moscas gostam de cocô
as doenças do mundo
que pegamos com homens tratamos
com mastruz no azeite doce
leite de sapucaia
melão-de-são-caetano
pau-casca
galho de sabugueiro
unguentos de cravo-de-defunto
antivirais antibióticos

Depois eles enjoam da gente
vão atrás de outras
levam tudo
deixam pra trás filhos,
dívidas, ISTs

IST

Se diz que em tempo de murici
cada um cuida de si
mas se alguém ficar doente
eu que cuidasse de todos
e cuidava deveras
agora o curioso é que a "curiosa" aqui
não pode indicar contraceptivos
ou praticar abortos nas mulheres
mas os senhores não têm pudores
de dar as caras pedindo chá
de tampa de charuto
quando estão com o ovo inchado
ou seiva de murici para
passar nos umbigos
infeccionados de filhos ilegítimos
que nunca assumem
ou na gonorreia das pitocas
que nunca lavam

O muricizeiro é
uma espécie rústica que se adapta
muito bem a solos de poucos nutrientes indicado
para áreas degradadas produz
um tipo de fruto drupáceo de polpa edula habita
maciçamente os cerrados e a caatinga
seu período de floração é
logo após a época de chuvas proporciona
flores durante toda a estação seca

É bonito o fruto do murici
resistente à aridez do solo
à secura do tempo
à solidão
permanece florido mesmo quando não chove
parece que o provérbio que abre o poema vem daí

pois é a época em que passamos por certas dificuldades
"cada um que se vire pra aguentar a seca"
mas tá errado
sozinho ninguém aguenta
nem cura nada

ASMA OCUPACIONAL

> *Em usinas escuras,*
> *homens de vida amarga*
> *e dura*
> *produziram este açúcar*
> *branco e puro*
> *com que adoço meu café esta manhã em Ipanema.*
> FERREIRA GULLAR

dos mineiros e metalúrgicos
trabalhando a martelo metais candentes derretem prata:
contraem asma e ainda perdem os dentes

dos douradores e ourives
sofrem vertigens, tornam-se asmáticos, ficam paralíticos e
tomam um aspecto cadavérico. poucos envelhecem nesse
ofício a asma dos douradores é convulsiva

dos vidraceiros e fabricantes de espelhos
operários especializados na manufatura de espelhos sofrem de
asma pois têm de cobrir de mercúrio grandes placas de cristal
espelho, espelho meu existe trabalho mais horrível que esse?

dos que trabalham com gesso e cal
aqueles que permanecem nesse trabalho tornam-se asmáticos
caquéticos e morrem quase todos

dos padeiros
na inspiração penetram partículas de farinha, que se
misturam ao muco natural do corpo, ficam tossindo,
ofegantes, se tornam roucos, hidrópicos, asmáticos

dos peneiradores e medidores de cereais
a acridez do pó dos cereais provoca, em todo o corpo, intenso
prurido. são todos fatigados, caquéticos e raramente chegam
à velhice, contraem com facilidade asma e hidropisia

dos lapidários, estatuários e britadores
distúrbios mórbidos atacam os operários de pedreira,
estatuários e britadores encontram-se seus pulmões cheios
de pequenos cálculos morrem de falta de ar

dos cardadores de linho, cânhamo e seda
a maceração outonal do cânhamo e do linho é nociva:
obriga obreiros a tossirem continuadamente ficam pálidos,
tossindo, asmáticos

dos carregadores
enfraquecidos os músculos do tórax por ter que carregar
encomendas da black friday e modificada a estrutura
pulmonar, tornam-se asmáticos enquanto jeff bezos vai de
bilola pro espaço

dos cortadores de cana
estima-se que 30% destes trabalhadores tenham asma contra
4,3% da população mundial todas as casas perto dos canaviais
são afetadas, ficam pretas pretas da fuligem que cai o trabalho
na cana causa ainda mutilações, ferimentos, enfisemas,
dermatites, rinites, conjuntivite, câncer, uma série de doenças
respiratórias, distúrbios de sono, sofrimento mental.

ASMA
releitura de um poema famoso

Essa terra tinha macaúbas,
Onde cantavam o vira-folhas, o tiriba-de-peito-cinza,
    o caburé pernambucano,
A choquinha-de-alagoas, o gavião-gato,
Hoje extintos ou ameaçados.

Nosso céu tem mais estrelas?
Não as vejo com a fumaça.
Nossos bosques? Desmatados,
Pro fabrico da cachaça.

Vou chiar, sozinha, à noite,
Morrendo de falta de ar,
Pois essa terra é latifúndio,
Infinito canaviá.

Ilegais são as coivaras,
E a fumaça é de lascar;
Vou chiar – do dia à noite –
Morrendo de falta de ar
Pois essa terra é latifúndio,
Infinito canaviá.

Não permita Deus que eu morra,
Antes que a zona volte a ser mata;
Para que eu desfrute dos primores
Sem usar bombinha de asma
E volte a ver as macaúbas
Onde houve a reforma agrária.

AULAS DE CIÊNCIA COM DRA. VASHTI

> *toda essa mocidade enganada e roubada*
> *e a outra que morreu sabendo que a roubavam [...]*
> *Um dia nos libertaremos da morte sem deixar de morrer.*
>
> JORGE DE SENA

Foi assim
O ser humano nasce cresce trabalha na terra de todos e morre
O ser humano nasce cresce come e morre
O ser humano nasce cresce faz cocô e morre
O ser humano nasce cresce transa e morre
O ser humano nasce cresce fofoca e morre
O ser humano nasce cresce cata piolho e morre
O ser humano nasce cresce fica deitado e morre
O ser humano nasce cresce toma banho de rio e morre
O ser humano nasce cresce caça o almoço e morre
O ser humano nasce cresce honra seus mortos e morre

Agora é assim
O ser humano nasce cresce noia e morre
O ser humano nasce cresce lava prato e morre
O ser humano nasce cresce acumula lixo e morre
O ser humano nasce cresce tira selfie e morre
O ser humano nasce cresce paga aluguel e morre
O ser humano nasce cresce trabalha pr'um rico e morre
O ser humano nasce cresce se endivida e morre
O ser humano nasce cresce dá scroll e morre
O ser humano nasce cresce toma antidepressivo e morre
O ser humano nasce cresce não honra seus mortos e morre

Poderia ser assim
O ser humano nasce cresce se organiza
e sem deixar de morrer se liberta da morte

Uma só onça,
armada de sua natural fereza
dá trabalho a muitos; que seria
se muitas se unissem
a vingar as injúrias
cometidas pelos homens?
PADRE MANUEL DA FONSECA, VIDA DO VENERÁVEL
PADRE BELCHIOR DE PONTES (1752)

MILESIMA EDIÇÃO
VOLUME UNICO
A — Z

LIVRO 5

DICCIONARIO DE MEDICINA PHANTASTICA E DAS SCIENCIAS POPULARES

Contendo a descripção das causas, symptomas e
tratamento de moléstias individuais e collectivas;
Meizinhas para várias moléstias;
Plantas medicinaes e seus usos;
E muitos outros conhecimentos uteis

POR
VASHTI SETE-BESTAS
DOUTORA DA MULA RUÇA
CABRITA DA PÁ VIRADA

R. GÉNISSE & A. DE LA CALLUNE
AMARANTE DE LA CIGOGNE
RUE DU COMMERCE, 5
1890
DIREITOS RESERVADOS. | DROITS RÉSERVÉS.

As epidemias possuem aliados poderosos e naturais: os donos da terra, os coronéis, os delegados de polícia, os comandantes dos destacamentos da força pública, os chefetes, os mandatários, os politiqueiros [...].

JORGE AMADO

1501, as Moçoró

> *Quem quiser entender sanguessugas e afins*
> *Leia este livro e poderá conhecer, assim,*
> *Muitas soluções boas e eficientes*
> *Para curar feridas antigas ou recentes*
> COMPILAÇÃO DE RECEITAS MÉDICAS
> EM DÍSTICOS RIMADOS (INGLATERRA, SÉC. XV)

No fresco do mês de agosto
junto ao rio que nos nomeia
apareceu, tenebroso,
peixe de pano e madeira.

Em cima do peixe uns bichos
que nunca vimos iguais
vestidos, cabeça aos pés:
qual nome dos animais?

Do peixe saem dois deles
que não respeitavam nada
roubando nossos palmitos
bebendo da nossa água.

Três dias observamos
lá no mato, escondidas
mas depois de tanto roubo
nós nos fizemos ser vistas.

No susto ofereceram
caco de espelho e guizo,
que até eram bonitinhos
mas que de nada serviam.

Recusamos a amizade:
os vizinhos potiguares
já nos tinham avisado
qu'os bichos eram larápios.

A dupla não desistia,
querendo negociar,
encheram tanto o saco
que nós nos vimos forçadas

a fazer deles jantar.
Um outro quis ter vingança
se mete à besta conosco
mas minha mãe arretou-se

deu-lhe a tacape no coco.
Foi daí tal confusão
batéis detidos nas pedras
os brancos errando tiros,

a gente metendo flecha,
onças e antas correram
brancos fugiram também
e as Moçoró avisaram:

Aqui não é terra de ninguém.

1646, Tejucupapo

Te emancipa, mulher, foi o que ouvi
de Maria Camarão quando eu disse que achava
os galegos bonitinhos e tinha pena de escaldá-los
desses bofes não se salva um

Nem moreno nem ruivo nem galego
completou Joaquina, braba que era, o bute caiana
jogando malagueta na panela
quando a água começava ferver

Tá bom tá bom respondi borocoxô
me despedindo mentalmente
das furunfadas que não dei nem darei mais
nos galalaus de olho azul

Prestar não prestava nenhum
eu vi do que essa laia era capaz em 1501
quando de Mossoró saí andando
pra nunca mais voltar e fui parar ali

Marias, Quitérias e Claras lixavam o frejorge que servia
pra dar cabo em holandês e pra cabo de enxada
o frejorge aliás é da mesma família da erva-dos-bofes,
planta de nome maravilhoso, top contra asma.

1650-1720, Confederação dos Kariri

Entendi nada, respondi, girando os olhos
pra catraia da outra aldeia
nos chamando pra guerrear juntas
usando aquela língua véa feia.

A essa altura já fazia bem três anos
que botamos as diferenças de lado
tentando botar pra correr
o inimigo comum, insuportável.

Olhe que mesmo sem gostar
daquele bando de biraia
pouco tempo antes quase tomamos Natal
de tão valentes e organizadas!

Bora noiada tu vai ficar batendo boca ou vem pra
emboscada? gesticulou a tribufu sem me dar
escolha. Não gosto de tu mas vou pela peitica,
respondi levantando, uma mão no bacamarte

e a outra na azagaia, sem fazer ideia da chacina
que viria na sela dos paulistas, mas não importa:
só quem não pode com o pote
é quem não pega na rodilha.

1719, Confederação de Mandu dos Abelhas

A última vez que vi Mandu, remendava macambúzia
as toalhas da capela nas imediações de Gravatá,
chamada então "do Jaburu". Ele andava encaralhadíssimo,
com razão, para lá e para cá.

Frei Lucé morrera há pouco e o padre novo, um tal de
    Martinho,
tinha queimado os símbolos sagrados dos indígenas.
    Mandu disse,
em português, em vão ajeitar toalha de capela que vai
    pegar fogo.
Retruquei, envergonhada, que eu ali só obedecia.

Alguns o chamavam de Mandu Ladino, porque era esperto.
Nunca gostei desse apelido, preferia o que aludia à sua nação:
dos Abelhas. Seu povo vivia em harmonia com as teúbas
do Parnaíba até ser exterminado, na frente de Mandu menino,

pelo mesmo lisboeta que fuzilaria Mandu crescido,
    décadas depois,
quando ele, cacique de várias nações, atravessava o Igarassu
piauiense a nado. Foi encantando marimbondos que Mandu
aterrorizou latifundiários, bichos que ele guardava em caixas

que dava às mulheres para que elas jogassem nos brancos,
tática guerrilheira que misturava astúcia e mágica. Na última vez
que o vi, Mandu falava: quando todas as nações se unirem
voltaremos a encantar abelhas. Ele, o pioneiro das retomadas,

cumpriu a própria palavra recusando a língua do Próspero
    lusitano,
que aprendeu a usar à risca, e voltou a falar na sua, reunindo
sob seu comando sete nações indígenas. Em 1721, no dia
dos namorados, venceu tropa inimiga com pau, facão, pedra
    e flecha

com pontaria de deixar Cupido com inveja. Seu sonho
 era descer
o Parnaíba até o mar e lá formar grande exército com
 os Tremembés,
rock stars da guerra, sem saber que eles tinham sido
 aniquilados
em traiçoeira ação dos brancos.

Quando cheguei no Araripe, exausta, ainda nisso se falava.
Os feitos de Mandu reverberavam à boca pequena,
 inspiravam
pequenos atos de desobediência. Dizem que os que não
 morreram
no Igarassu fugiram para o Maranhão e lá organizaram
 balaiada.

1817, Revolução Pernambucana

Nem me lembro mais como eu fui parar
no Araripe, deve ter sido atrás
ou fugindo de macho,
isso faz mais de cem anos, sei lá.

Só sei que um dia sinhá Bárbara me perguntou
o que eu achava da revolução. Fudeu, pensei.
Eu, ama de casa, qual a resposta que essa véa
quer de mim?

Sempre olhando pra baixo, pro pano
que costurava, respondi: olhe, sinhá, aprecio
a liberdade de culto e de imprensa, mas sem abolição
sua revolução é patacoada.

Pra evitar castigos emendei, mentindo:
Mas sou apenas uma costureira ignorante
andarilha sem eira nem beira
capaz de eu estar errada.

Havia demandas justas na revolução,
está claro: era errado pagarmos impostos tão altos
para manter o rio de janeiro iluminado
enquanto o Nordeste vivia na escuridão.

Além disso eu até ia com a cara do Padre Roma
que deixou no mundo um filho, Abreu e Lima, exilado
na Gran Colombia virou general de Bolivar, e foi de apoiador
da coroa a socialista a monarquista de novo,
    meio Roberto Piva.

Soltando fogo pelas ventas, dona Bárbara me botou
pra correr. Achando melhor ser banida que vestir paletó
de madeira, juntei meus panos de bunda e saí andando,
só parei seis dias depois, quando cheguei no Polo Serrano.

1825, Revolta dos Pêga

Lá longe cochichavam, embaixo do cajueiro,
vó Luiza e seu João. Ele olhava pra ela enquanto
falava e ela, acocorada, respondia olhando pra baixo,
desenhando alguma coisa com um graveto, no chão

Vó Luiza e seu João poderem se acocorar, apesar
de terem mil anos, me surpreendia menos do que
sua habilidade de mobilizar dezenas de parentes
contra os brancos, os "liberais" e "republicanos"

que queriam nos enxotar das terras
e enxotaram mesmo. Quando nos unimos,
eles nos fuzilaram quase todos ao pé de uma cruz,
na estrada pra Natal e lá mermo nos deixaram

Seu João dos Pêga só conseguiu escapar
porque se fez de morto no meio na montanha
de defuntos ao pé da cruz. Morrer só morreu mesmo
de velho, escondido nas grutas da serra

Quando alguém o via ele fingia ser assombração
pense num cabra esperto: se fazendo de alma
ele fazia sermões que formaram incontáveis radicais.
Vó Luiza conseguiu fugir e me levou na cacunda,

mas foi apunhalada pelas costas enquanto rezava,
idosa, embaixo do cajueiro. Eu só não morri porque,
miúda, me escondi numa cacimba. Quando a coruja
rasgou mortalha saí do pote, calcei a chinela ao contrário,

fui embora: quando dei por mim tinha ido parar em Maricota,
perto do Catucá. Foi lá que aprendi com outro João
que chá de mulungu apazigua tristeza e lambedor da folha
da mangueira apazigua a falta de ar.

1814-1835, Quilombo do Catucá

Quando cheguei em Maricota
o mafuá de 1824 já estava passando
e no local onde bati à porta, pedindo guarida,
encontrei três Joãos: Bamba, Pataca e Batista

Parte do quilombo ficava na cidade
que cem anos depois se chamaria Abreu e Lima,
homenagem ao mesmo herói paradoxal
de quem já falei mais acima.

Em uma das vezes que o Catucá foi atacado
feriram João à bala mas nem assim ele foi capturado.
Resgatado por parentes, curado pelas ervas sagradas
João Batista a.k.a. Malunguinho

virou o portador da chave mágica
com a qual abria cativeiros e senzalas
sem que ninguém nunca descobrisse
como ele conseguia destrancar tanta tranca,

sendo por isso alçado à categoria de divindade
na Jurema. Como se não bastassem as coincidências,
em Abreu e Lima foi que aprendi que chá de folha
de manga é talvez o melhor remédio pra asma.

1852, Guerra dos Marimbondos

Puta que pariu murmurei amuada
enquanto ouvia o relato de mais um João
dessa vez o dos Remédios, velho benzedeiro,
meu compadre e camarada.

Seu João vinha trazer a notícia
de que governo central queria tirar da igreja
os registros de óbito e nascimento
e instalar um registro central, um tal de censo.

Seu João que patacoada, respondi,
a mão nas ancas, malcriada.
Depois que os ingleses proibiram o tráfico
é assim que vão manter o trabalho escravo?

A comadre entendeu tudinho, respondeu, pode
ser até que eu esteja errado, mas não dá pra confiar
em rico articulado e unido, quando a gente der fé,
eles reescravizam a gente nas lavouras do café.

Que rima ruim, seu João! manguei, e ele riu
também. Mas me diga, emendei, o que eu posso fazer?
Sou mulher e pobre, nem ler eu sei.
Olhando pro que tinha atrás de mim, ele disse:

Comadre, aquela peixeira ali se tá cega pode ser amolada
e pau da enxada se usa na roça, mas também pode ser arma.
Chame marido, cunhada e menino, tempere a goela, calce
percata e no dia um de janeiro estaremos todos na praça.

Pois assim merminho foi feito e depois de meses
de zum zum zum em 29 de janeiro o decreto safado
foi suspenso. Só vinte anos depois seria realizado
um novo censo, vitória que não caiu no esquecimento.

Quando os potiguares começaram a fazer auê contra imposto
e recrutamento, nosso nome não estava esquecido,
   deram a eles
o mesmo nome da gente, antes de finalmente
darem à sua luta o nome de quebra-quilos.

1872–1877, Quebra-Quilos

> [...] *a maior parte dos sediciosos eram sertanejos,*
> *desertores, criminosos e sentenciados* [...]
> DIARIO DO RIO DE JANEIRO, 16 DE DEZEMBRO DE 1874

Mulé olha o que tão falando da gente
e empurrei o jornal pra mui concreta
Joana Imaginária, aquela que dali uns vinte anos
teria o único filho do Conselheiro.

Ainda bem que não sei ler kkk respondeu
e soltou um muxoxo, espirituosa como ela era
voltando pro angico com o qual mexia
e dei graças a Deus por estar cercada de gente assim, atrevida

Foi por essa iconoclasta valentia que realizamos
a maior revolta popular do século 19. Claro que
não sabíamos disso, mas, sabendo por que estávamos
infelizes, sabíamos pelo que protestar

Apesar dessa sabedoria fomos chamados de ignorantes,
desordeiros, salteadores, criminosos, fanáticos... né lasca?
Aquele tabacudo do Dom Pedro, que nunca pagou um boleto
nem pregou um prego num sabão, vir chamar a gente
   (a gente!) de ladrão!

Ele achava mermo que a gente ia ficar aceitando,
calados, as caçadas humanas, os recrutamentos forçados
e imposto sobre o caralho a quatro
a vida toda, sem reclamar?

Nos cartórios rasgamos muito papel
e nos mercados quebramos muito quilo
o sistema métrico oficial saiu ferido
e a Lei da Cumbuca, despedaçada

O problema é que o rico vocabulário de revolta
que acumulamos nas lutas anteriores também foi útil
para os ricos: muita gente presa, muita gente morta
muita gente forçada a ir embora

Eu achei que era boa hora de voltar pro Mossoró,
já Joana achou melhor seguir pra Bahia,
levando seu ventre sagrado
(então ainda vazio)

Levou também consigo as ferramentas para moldar o angico,
com o qual fazia maravilhas. O angico aliás é planta nativa
que se bebe na Jurema e cuja casca, quando cozida,
é uma maravilha no tratamento da asma.

1875, Motim das Mulheres

Depois de andar tanta légua tão tirana
fazer tudinho que fiz desde sempre e sem morrer
foi como "prêta já velha" que entrei para a história
não mereci nem nome, nem maiúsculas, ao que parece

Joaquina de Souza, Maria Filgueira e Anna Floriano
esposas de advogado capitão e latifundiário
e brancas que eram, tiveram seus nomes
pra sempre guardados nos autos

Já eu virei pra sempre, no ofício escrito pelo capitão
João Paulo Martins Naninguer, apenas uma
"prêta já velha", como se eu estivesse no auê
por acaso e não por consciência, porque quisesse

Veja, não é que esteja diminuindo a coragem
das senhoras, pelo contrário. Nesse dia, mas só nesse,
marchamos lado a lado: elas, contra o alistamento
forçado de seus filhos pro exército,

e eu, contra a reescravização de meus meninos,
pois havia sido alertada pelo meu velho amigo
Antônio Hilário que "essa lei é pra recaptivar o povo!".
Acho curioso que o nome dele não tenha sido esquecido

e o meu nem escrito ficou, mas nesse caso até celebro
pois ele, que se descrevia como "o maior homem do mundo"
fez tanto pela gente (além disso não é todo dia que um homem
a quem chamavam de "pardo" tem seu nome eternizado).

Eu já estava morta de cansada mas fuá era comigo mesma.
Minha bengalinha não só me aprumava como dava para dar
   cascudos,
excelente arma de pau de jatobá, cuja casca dormida no sereno
num copo d'água é excelente remédio pra asma.

*Foi ela que escolheu isso
ou a isso foi conduzida
Se a vida a conduziu
quem conduziu sua vida?*
FERREIRA GULLAR

LIVRO 6

ASMA

É dito: pelo chão você não pode ficar [...]
Pelas paredes você também não pode
Pelas camas também você não vai poder ficar
Pelo espaço vazio você também não vai poder ficar
STELLA DO PATROCÍNIO

> *A história social brasileira* [...] *pode ser lida,
> com grande proveito, à luz das iniciativas oficiais
> no sentido de direcionar, estimular, conter e
> monitorar fluxos migratórios.*
> HELION PÓVOA-NETO

No meio do caminho dei um braço a seu Leônidas
que no outro carregava um rádio
seus olhos azuis e a cabeça lisa, branca
serão chamados na cidade grande
para onde caminhávamos
por acadêmicos nascidos em bairros
arborizados e que foram a escolas particulares
de privilégio

A esses traços se juntava o resto,
as mãos grossas, o pescoço vermelho
a sandália carcomida, de sola gasta,
a calça já fina de tão usada, a camisa
velha mas engomadinha, o relógio antigo
que nunca precisou de conserto e o indispensável
chapéu de feltro, elegante look do dia de todos
os dias de um agricultor nordestino aposentado
endividado no banco mais rico da América Latina
a versão legalizada de agiotagem

Mais chique que o look era o Toshiba que seu Leônidas
comprou já usado ainda nos anos 90 e que ainda
funcionava: dois deques de fita, antena boa que pegava
qualquer onda de rádio, com o qual todos ouvíamos as
    notícias
e decidíamos, juntos, os rumos do resto da viagem
passarinhos esperançosos porém sem asas
tentávamos chegar na Babilônia metidos num
paudearara um quase navionegreiro contemporâneo
cruzando a rio-Bahia, cemitério a céu aberto de "nortista"
o então mediterrâneo brasileiro

No trajeto nossos documentos foram apreendidos
pelos agenciadores, fomos vendidos em Goiás
a 1500 mirréis porque não tínhamos os 500 da passagem
o saldo: um lucro e tanto para os motoristas
e para os passageiros, meses de trabalhos forçados

> *A elite local se mobilizou para livrar a cidade dos retirantes. O delegado de polícia sugeriu que fosse realizada uma triagem e um cadastro e, com esse levantamento, tornar obrigatório o uso de uma placa, que funcionaria como forma de identificação. Só quem tivesse esse crachá poderia mendigar em locais públicos.*
> GAZETA DO NORTE, MINAS GERAIS, 1939

Quando finalmente chegamos em Montes Claros,
que nem era destino, apenas meio do caminho,
não nos deixaram seguir viagem para são paulo
pois não passamos no exame médico
e por isso não nos dariam visto apesar de sermos,
tal qual paulistas, brasileiros

A triagem era feita por uma empresa terceirizada
baseada sabe-se lá em quais preceitos
e pra completar a palhaçada ainda queriam
espetar nossas camisas com uma plaquinha

Seu Leônidas logo se arretou e com razão
quem já viu, um crachá de nordestino,
receita varguista com catinga de nazismo
que nos colocava no nosso devido lugar
estragava nosso vestido de domingo
que era também o único
e nos autorizava a pedir esmolas
quando a única coisa que queríamos
era não ter que pedir
nada
a ninguém

> *Há casos ainda, especialmente em Montes Claros, em que os trabalhadores alugam, por alguns tostões, a sombra de árvores, situadas nos quintais das casas, a fim de não ficarem inteiramente desabrigados.*
>
> BOLETIM DO SERVIÇO DE IMIGRAÇÃO E
> COLONIZAÇÃO DE SÃO PAULO (1941)

Se quiser ficar na sombra tem que pagar
ouvi do véio, a mulé atrás dele, curiando
Eu falei como é meu senhor?
Ele repetiu, concluindo:
Se quiser vagabundar de graça volte pra sua terra
é lá que ninguém trabalha, mas aqui é diferente
Sem me mover eu disse
Véi, eu tenho idade pra ser sua tataravó e devo ser
feche seu cu que a sombra quem faz é a árvore
a árvore quem fez foi a semente
a semente quem fez foi Deus
igual ele fez eu e o senhor, infelizmente

Ah dona Maria, responde o arrombado, insistente
quando Deus fez a semente
que pariu a árvore que faz a sombra
plantou a semente na minha propriedade
dentro da minha cerca, fruto da minha herança
que recebi cumprindo a vontade d'Ele
que fez de mim um primogênito

> *Ainda em dia dessa semana, em nossa redação estiveram três pobres mulheres que vieram nos explicar suas situações de penúria e pedir um auxílio, pois que foram jogadas na rua, não podendo nem ao menos ficar no casarão imundo, fétido e insuportável, onde estão alojados os demais flagelados [...] não recebem comida porque vieram sozinhas sem um homem que as acompanhassem. Por isso, foi lhes negado também o passe para São Paulo.*
> GAZETA DO NORTE, MINAS GERAIS, 1939

Bela merda, pensei, cansada,
eu já tinha vindo sem querer
querendo pra essa terra mermo,
onde todo mundo me chamava de bahiana
apesar de ser de outro estado
não tinha passado no exame médico
pois disseram que vim sozinha, mesmo tendo
chegado com minhas amigas, o que faltava
era um marido, na opinião dos pareceristas,
e como se não bastasse aprendo
que nessa terra até pela sombra se paga

O tempo que antes eu perdia com martelo na cama,
agarrada na bolsa pra não ser roubada
olhando pros lados, tesourinha de unha no bolso de trás
um aro de chave em cada dedo
agora perco trabalhando pros outros
vendendo jornal de manhã
buscando roupa suja
e entregando roupa lavada de tarde
ou procurando emprego
ou na fila do seguro-desemprego
em entrevistas com senhorios para
alugar casas que nunca recebo

Aí volto pra sombra no fim do dia, exausta,
onde moramos todos, nossa casa,
nossa farmácia, eu com Baleia Solimões Bode Ioiô
em Pirapora, como Sete Mares à sombra da farmácia
deles, em *Omeros*

É estranho que queiram nos deportar
apesar de brasileiras e que queiram nos despejar
de uma sombra, não estranham que uma sombra
seja casa de gente, mas estranham que busquemos
abrigo, pode uma coisa dessa?
Estranhos são esses brasileiros
com sobrenome italiano e se achando
a última coca do deserto

Eu tava quase em pé saindo só por orgulho
mas morrendo de vontade era de tirar uma soneca
depois de um longo dia, quando escuto lá longe
a cavalaria, virada num mói de coentro

É proibido nadar

> *Na cultura das ruas, quem não trabalha não é o vagabundo.*
> *É o encostado; coisa que um vagabundo jamais seria, já que a*
> *ontologia do ser vagabundo é o contínuo caminhar.*
> LUIZ ANTONIO SIMAS

> *É proibido cochilar*
> OS TRÊS DO NORDESTE

Há de se reciclar a água cinza e é necessário
pr'aguar as plantas, limpar a casa, lavar a roupa,
pratos eu gostaria de lavar menos, mas não há jeito
porque comer é um fazer de todo dia e um direito
nem em pé fica saco que se esvazia, é inevitável

A pé quem muito anda bem longe chega,
se tiver boca é até capaz de alcançar Roma,
mas você lá só vai entrar se tiver visto,
se não tiver dê meia-volta e siga andando
pois se tentar ficar por lá irá em cana

O açúcar é doce, mas o da cana é trabalho amargo,
como o xadrez pr'onde te mandam, revolto ou quieto,
pobre não pode ficar na sua nem na dos outros,
se tá parado será tratado como suspeito,
se em movimento será taxado de criminoso

Andar não pode, ficar parada pode tampouco,
ficar nadando (sem fazer nada) não é bem-visto,
em todo canto é quase sempre a mesma história:
não incomoda aquela que não faz perguntas
a que reclama será tachada de baderneira
a que recusa trabalho horrível, de vagabunda.

> [...] *"bahianos"* – *sejam quaes forem os*
> *seus pontos de procedência* [...].
> O OBSERVADOR ECONÔMICO E FINANCEIRO,
> RIO DE JANEIRO, 1939

Avia, avia, dragão!
Gritou o homem
É vaqueiro ou oficial de justiça?
respondi deitada
mesmo sabendo de quem se tratava
com seu mandado de despejo na mão
aí gritou o arrombado
Avia, baiana!

Baiana nada mugi girando
com ódio mas devagarzinho
pra provocar, mesmo: e nem dragão!
se aqui o bicho sou eu como pode ser
que o burro seja tu, besta de duas patas
sentado na de quatro?
eu sou de outra cepa que não a tua
esquentei Jesus menino com meu bafo
dou de comer aos carnívoros
sem meu consenso
as chinelas de teus pés é minha pele
arrastei os arados que produzem teu alimento
dei-te de mamar direta ou indiretamente
paguei meu feno meus saldos os soldos dos cascos
as tetas já arriadas de tanta ordenha
não importa o quanto eu trabalhe:
é assim com despeito e despejo que me tratam
se eu não der leite ou carne,
se eu não der mais para trabalho pesado
ou simplesmente
se envelheço

Botei meu walkman enquanto encaixotava
meus panos de bunda meus quembembes
de tantos anos, de novo: pedrinhas conchinhas
cartinhas xicrinhas folhas secas sabonetinhos
fora da validade e as lembranças de Solimões
tão lindo por onde andará o coitado?
da macharada toda guardei lembranças
mas só Solimões prestava

Sou obrigada a ir embora mas não sou obrigada
a passar sem música, chicote e grito de macho
já me basta, mas com uns headphone desse tamanho
ele pode se esgoelar, vou fazendo tudo devagar
pra arretar o capanga, a lei não me protege,
e eu só saio pra evitar surra, mas de última hora
e não sem antes fazer um barraco

O que é lasca é que não tem música
sequer de Olivia Rodrigo
que tudo sabe
que fale
do que eu tô passando:
Vashti
Miniotária
Minotaura
Inquilina de sombra
Refugiada
Rapariga
Vaca...

Deporta-porta
releitura da versão de Gugu Liberato para a
canção infantil O trem maluco

O trem de doido
quando sai de Pirapora
vai fazendo "bora, bora!"
até chegar em BêAgá

Deporta-porta
tu diz que quer trabalhar
tu diz que tu quer dar duro
mas trampo não vou te dar

Deporta pai mãe filha
é tudinho paraíba
tem mais é que deportar

Um pouquin de eletrochoque
um pouquin de gardená
Nordestino vêm pro sul
pro meu emprego roubar
que se foda se têm fome
tem mais é que internar

Deporta pai mãe filha
é tudinho paraíba
eles que vão se lascar

Um pouquin de eletrochoque
um pouquin de gardená
pego esses estrupícios
meto todos num hospício
é tudinho vagabundo
e só querem vadiar

> *O Cabeleira estava descalço* [...].
> FRANKLIN TÁVORA

Ah Xerxes que pena que me pegas nesse estado
enrolada em trapos que ganhei de Zósimo da Palestina
e comendo tarequinhos feitos de meu cuspe

Se tu tivesse achado alguns séculos mais cedo
as bolinhas de papel que atirei pelo caminho
me encontrarias talvez em melhor forma
quaselivre em uma terra que não era minha
mas também que não devia ser de ninguém
ou talvez ainda antes com lanças na mão
em vez de vassoura
fazendo chá de salsa
pra dar praquelas de nós que não queriam mais
estar grávidas

Mas Xerxes se essa é a hora que tens
então essa é a hora e tudo bem
só que eu tô tão cansada Xerxes querido
e tão doida tão doida de remédio que me socam
goela abaixo que até me impressiona
que ninguém tenha percebido

Então vou levando fingindo que tudo bem
até que alguém note e note: se vim até aqui
de pés descalços como Shakira
naquele disco fique você sabendo
Xerxes querido que eles estavam esfolados
quando cheguei e ainda que romantizem
o sofrimento eu preferia mil vezes
ter feito todo o trajeto sentada
e de sapato

Mas sobretudo Xerxes meu bem eu preferia
nunca ter sido expulsa da Pérsia
por ter dito aos senhores pra irem à merda
e antes e depois disso e desde então
e pra sempre e de novo e de novo
e novamente ter que ir embora
do Planalto da Borborema
de cada uma das Quinze Ilhas
e de todos os outros lugares onde passei
tudo por causa de um homem atrás de outro
que, sofrendo, nos fizeram sofrer
desde antes d'eu nascer
sem parar e em dobro

Quando a mais velha de nós
com quem compartilhei sombra bucho e nome
partiu desta pra melhor
abrimos um vinho de Navarra
não era caro mas era meu
e cuidei de bebê-lo fresco
fazendo jus ao ritual de
brindar os mortos:
chorar, encher a cara

Flores passei a jogar todos os meses
onde jogaram seu corpo de indigente
dias quatro viraram dias santos
mentira santos não eram
eram mais de heresia:
chamo meus mortos, batemos papo
aliás nunca sei, ao lembrar deles
e ao cantá-los, se os faço felizes
ou se estou aporrinhando

De todo jeito o bom do vinho
é perder o medo do papel em branco
me acocoro à sombra com o papel pertinho
escrevendo como se escrever fosse respirar
igual a Jorge de Sena às vezes se me deixam
em paz consigo escrever em mesa esse sim
um móvel metafísico onde alguns comem um pouco
muitos outros não têm nada para comer
e só uns poucos se empanturram
meu espanto é que escrevo, mas não respiro
vou asmática, chiando

À algazarra da escrita se junta
Gonzalo de Berceo voando no tapete do meu vinho
e caderninho, me dizendo: escreva poemas nessa
refrescante língua, sem frescura, escreva do mesmo
jeito que as pessoas falam com seus vizinhos

Lá vem tu me dar conselho, eu queria era me deitar
contigo Gonzalo, deixa de ser otário
queria abrir o zíper de tua santa calça,
ver o que lá vive, sonhar que seria meu,
cuidar de bebê-lo fresco
fazendo jus ao ritual de
brindar os vivos:
fazer festinhas, sexo, versos

Gonzalo era bonito mas era donzelo
ou então não me quis mesmo,
por despirocada ou sem piroca,
sei lá eu

Saímos do assim chamado curral de bárbaros
voando, não se esqueçam: esse poder veio de asas azeitadas,
uníssono, as coisas que a imaginação pode quando deixa
de ser linguagem e é posta em prática

Quando uma deu a ideia e a receita as outras se
animaram e seguiram, não à toa voam aves em triângulo
e não seria diferente com as vacas

Ah mores e quando finalmente decidimos
implodir aquele balaio foi um escândalo
a última vez que tinham visto boi voando foi em 1644
o coitado do meu primo, empalhado, preso num fio,
em cima do rio, revolitando. Ideia de Nassau, aquele boyzinho
tabacudo, dando polícia e imposto disfarçados de
pão e circo

Não é entretenimento nosso voo, é de raiva:
me pediram um visto e eu não tinha, claro
que eu não tinha, sou cidadã nacional,
viajando dentro do meu país, não posso?

Ah, não agrado? Ah, não sou benvinda?
Por não ter papel
por protestar por sombra
por ser paroara
por viajar "sozinha"
nos deram assim atestado de sandice e nos meteram
a mim e minhas amigas no trem de doido,
já pensasse?

Vocês acham mesmo
que eu ia ficar a vida todinha quieta,
manzanza, sem reclamar,
ruminando?

Eu mermo não.

Aqui me encontro de novo batendo em retirada
punhado de ossos e cabelos, que não me faltam
metida nesse look de poliéster
que comprei à prestação
na magazine luiza já que infelizmente
não posso chegar pelada
ao resto da minha vida

Quando lá chegar ainda estarei pagando
os boletos junto com a passagem de ida
estejam certos, e quando quitar já será hora de
planejar a volta, ou outra partida,
porque no império é assim, ou vai embora
ou racha

E mesmo assim ainda tem uns tabacoleso
pra dar nome chique
a tudo: expat
nômade digital
autoexílio
kkk
meu chapa, o nome é imigrante mesmo
vim porque me pagavam
um salário e aqui não me matam tanto,
é só isso, voluntária é a moça da sopa que ganho
aos domingos

Eu, eu não vim sequestrada
mas tô aqui a pulso
por mim eu tava era na minha casa

> *Já apanhei morangos na Andaluzia.*
> *Já fui cigana, já fui puta.*
> GOLGONA ANGHEL

Mas ficar em casa também não pode
nem pelos cantos nem pelas paredes
nem pelo chão nem pelos vazios e assim
quando certo dia amante cafetão
polícia ou senhorio
(dá no mesmo)
me pôs pra fora da sombra
alegando descomposturas papeis dificuldades impostos
excesso ou falta de documentos
saí muitos anos antes de sair mesmo

Fiz as malas na cabeça primeiro
enrolei o pano necessário para amortecer
o peso das injúrias: a rodilha
calculei dívidas em dinheiro
e imateriais: os favores, as promessas
contei os anos de cauções
poemas boquetes e depósitos
espanei o teto
estrategicamente escolhidas e poupadas
as aranhas mais laboriosas que no verão
comiam baratinhas e no inverno me faziam
companhia

Toda uma série de cuidados
só visíveis quando negligenciados
coisas essas que ninguém celebra
mas das quais todos dependem
e reclamam quando malfeitos
sobretudo cafetão amante polícia federal
e senhorio

Também eu não aprecio o cheiro de água sanitária
mas para gorduras antigas
vapor de suor
jantares
arrotos e peidos
perdigotos
não existe melhor químico

Tudo isso realizei com diligência
reclamava porque reclamar
é o que me resta
e pela solidão das tarefas
a ladainha é companhia

Quando certo dia e sem motivo
Xerxes e todos os outros antes dele
me botaram pra correr
embora eu fui, embora eu ia
pois é como diria Betty Flanders
ou eu mesma
Vashti Setebestas
digo
vou porque
não há nada a fazer senão partir

A jornada das migas
releitura de A jornada dos magos, *de T.S. Eliot*

Um calor do caralho
Apenas a pior época do ano
Pra emigrar, 'inda mais légua tão longa:
As serras são íngremes, e o calor, muito
O mais vivo verão.
Mesmo os jumentos reclamaram, cheios de dores, empacando,
Até deitar, deitaram.
Às vezes sentíamos saudades
Das casas de parede-meia, dos alpendres,
As pitombeiras tronchas de tanta pitomba.
Os homens da trupe resmungando, enchendo o saco,
Ou nos mandando apertar o passo,
E as quartinhas secando, e a falta de abrigo,
E as cidades hostis à nossa passagem, e os povoados
Pouco amigáveis, e nas vilas empobrecidas
O preço de tudo era altíssimo: que jornada difícil.
No fim das contas decidimos terminar a viagem de noite
Dormindo no chão,
Ouvindo vozes interiores que nos diziam
Mas que ideia de jerico.

Então quando clareou chegamos às gerais
De temperatura mais amena, mas cheirando a racismo:
o rio que aqui perto nasce, onde há barcos que pra trabalhos
forçados nos levam, se chama São Francisco,
    nosso velho conhecido
onde um homem branco como seu Leônidas
mas com diploma e de jaleco que nos dá ou nos recusa o visto
(apesar de também sermos, como ele, brasileiras)
    via atestado médico.
Nos levaram para um boteco onde nos disseram haver comida,
mas só podia entrar quem pagasse o prato antes de comer,
ou trabalhasse um dia inteiro por uma ração só
mas ninguém nos dava mais informação, e logo na sequência

ficamos sabendo que não poderíamos seguir viagem,
    que pena.

Tudo isso foi há muito tempo, mas eu me lembro
e acho que faria tudo de novo, mas por quê?
Pelo quê?
Por isso: fomos forçadas ou convencidas
A crer que a vida e a morte em casa seriam severinas
Vida havia, com certeza, sem dúvida, havia provas.
Eu vi morte e vi vida, mas achei que eram distintas
A vida longe de casa é que era severina, como uma morte,
    a nossa.
Mas se a vida tem começo, eu penso que nunca finda
e que bonita me fica a esperança: qualquer lugar serve, pois o
que buscamos não tem endereço fixo, sendo sempre a
    mesma coisa
em todo canto: quanto mais trabalhador entisica,
    mais proprietário engorda.

"Saio de meu poema
como quem lava as mãos"
depois de um dia inteiro de trabalho sujo
sujo o mundo com um poema
que meu desespero julga
necessário para certo alívio
o desespero no entanto
é hereditário e silencioso
ainda que cause algum estrondo
é contido como é
contido em Gravatá
o açude do gado
que por outro lado
está eternamente gotejando
vazando agonia
nessa mola solta
no colchão errado do dia a dia
que mofa e por isso mesmo
me levanto
para buscar a água sanitária
o pano e a raiva necessária
para amolar
a lâmina da faca
bússola da vida

ASMA

> *A exposição remota de uma mulher a fatores de estresse traumáticos, como violência e abuso, pode ter uma influência particular na asma da próxima geração. É preciso considerar o estresse experimentado ao longo de toda a vida da mãe, não apenas o estresse que ela experimenta perto ou durante a gravidez, e considerar que experiências de trauma interpessoal são mais comuns entre populações minoritárias ou mulheres de baixa renda.*
> KELLY J. BRUNST E OUTROS AUTORES

> *[...] desde antes de eu nascer*
> *eu já não cagava, constipação ancestral*
> *certamente fruto de uma agonia anterior,*
> *que desconheço*
> VASHTI SETEBESTAS

Escrevo com esse corpo que já morou no da minha mãe
que, antes de ser abusada por tudo e todos, morou
no corpo da mãe dela, e nessa época eu ainda óvulo,
ainda antes de ser abusada por tudo e todos,
morei na minha vó também e também mamãe morou
no corpo da avó dela, que era muito pobre mesmo
e que foi igualmente abusada por tudo e todos e vovó,
que também nasceu paupérrima, antes de ser abusada
por tudo e todos, morou ainda óvulo no corpo da avó dela,
de quem pouco sabemos, ou melhor, de quem
não sabemos nada

Escrevo nesse corpo que dentro do corpo de mamãe
testemunhou os abusos sofridos por ela, que no corpo
da minha vó testemunhou os abusos sofridos
pela mãe dela, que no corpo da mãe dela, minha bisa,
testemunhou as violências por ela vividas, que por sua vez
no corpo da sua mãe, minha tataravó, certamente

passou o mesmo, até chegarmos aos macacos primordiais,
Adão e Eva

Nas Antilhas já cansado velho e cabisbaixo
meu perebento Philoctetes acreditava que sua chaga
advinha não da picada de cobra ou d'um acidente de
trabalho, com uma âncora, e sim que era resquício
das correntes que prendiam os tornozelos dos seus
antepassados: se não fosse assim, por que não havia cura
para sua pereba?, era o que Philoctetes se perguntava

Guardadas as devidas proporções eu pensava o mesmo
se o homem inventou foguete, foi à lua, explicou
o arco-íris, escreveu o capital, a divina comédia, como pode
não descobrir a causa e a cura da asma?

Depois fiquei pensando que descobrir, descobriram
mas afinal não é algo que se vende na farmácia,
que se cure com remédio, posto que resulta
de negligência, pobreza e trauma, não é
com bombinha de cortisona que se vai
curá-la e só posso concluir que a asma
que carrego é a cruz que carrega minha classe,
meu gênero

Mas quem carrega cruz parado,
tomba, e é por isso, senhores,
que estou constantemente aqui
e constantemente indo embora
ao mesmo tempo
o tempo todo

> *Eu tô cansado. Muito cansado. Meu cansaço começou antes de meu nascimento. Eu sou um trabalhador desde quando minha mãe me carregava na sua barriga, trabalhando, e eu sentia sua exaustão. O cansaço dela está até hoje no meu corpo.*
> SABEER HAKA, PEDREIRO E POETA

Fazer açude com cacos de louça
colar os cacos de louça
coletar os caquinhos no caminho
resquício de casa-grande abandonada
que achamos quando vamos buscar água

Fazer açude com meus cacos de louca
acudir os cacos da louca
cortar coentro e cebolinha
os cheiros para sopas de mentirinha
feitas com água cinza pra não desperdiçar
a limpa, mas sem fogo que não podíamos
bulir com brasa, vovó não deixava

Casar de mentirinha
cuidar de verdade do romã
explorar grutas e morros
separar briga de cobra
olhar por horas o moinho de pedra
imóvel ancestral misterioso
que fez e fará xerém
eternidade afora
que ainda lá se encontra
e lá estará em mil anos,
vivo como as baratas

Observar o esquisito das águas cinzas
saindo do cano da cozinha
e do chão do chuveiro separado da casa
e da latrina conectada à fossa
a fossa onde meu primo caiu

que aduba a boa-noite,
a algaroba

O banho dos sábados
a toalete diária na bacia
a gilete das boas que durava mil anos
e que vovô escondia
das trelas da neta
virgem suicida

A cisterna
a quartinha
a cabra comadre, ama de leite
em quatro patinhas
as não fotografias, os fantasmas
de mãe Maria, de mã-Ina,
de dona Ernestina que virou Glória
depois de dar destino ao marido
ou de prima Porcina, que andava armada,
trabuco às costas, depois do estupro
além dos outros antepassados
que não ganharam registro
ou cujos registros foram queimados,
quando os havia
fica Felipa Rodrigues, quasinvisível, na sala,
num canto, suas aparições na hora
da minha papa

Kein wunder que saímos como
saímos praticamente andando
e já com asma das barrigas
violadas
tanta violência
tanto escárnio
tanta doença
tanta hipocrisia
tanta vida

Eu achei que esse livro ia terminar com um fim
assim como nos filmes FIM
vestido de noiva, ordem cronológica
mas é só o caminho de volta e
toda volta é uma forma de ida
que fiz pra reclamar
não posse de coisas
mas da história

A ciranda acabou de começar!
CHICO SCIENCE

AGRADECIMENTOS

Ninguém escreve livro sozinho. Este foi feito durante quase dez anos e milhares de quilômetros, percorridos de ônibus entre Pernambuco, Alagoas e Bahia, do litoral ao sertão em cinco viagens diferentes. Agradeço imensamente às pessoas que, nesta caminhada, me ofereceram estadia e/ou ajudaram a encontrar documentos, bibliografia, fotografias. Agradeço sobretudo a quem me confiou suas histórias.

Em Pernambuco, meu muito obrigada a todas as trabalhadoras de salão de depilação/beleza que me concederam entrevistas e que gostariam de permanecer anônimas; Ângela Maria dos Anjos, pelas incontáveis horas me contando da vida de imigrante sertaneja vivendo no Ibura; Carine Farias, Dé Cumaru, primo Amaro e às suas famílias; à equipe do cartório de Taquaritinga do Norte, pela disponibilização de documentos; Mayara Flores, Edilson, Lays Furtado e todo o MST-PE; Felipe Cavalcanti, Rud Rafael e todo o MTST-PE; Joel Datz e família; Euclides Vasconcelos, Bianca Dias, Jucinara Rodrigues, Rosana do Morro da Conceição, Elias de Pesqueira, Géssica Amorim e família e todo mundo em Sítio dos Nunes; dona Maura; seu Leônidas, no ônibus de Recife para Serra Talhada, e seu Jairo, no ônibus de Garanhuns para Feira de Santana; Fabiana Moraes; seu Boanerges, Célio, Jó, José e Marcelo; seu Ivan, Adriano, Rafael, Nildo e Ricardo; minhas irmãs, meu irmão e as irmãs de meu pai; o guardião da Pedra Furada de Venturosa, as associações de artesãs de Garanhuns e Caruaru; seu Nino do sebo de Garanhuns, além de todos os vendedores ambulantes, motoristas de lotação, ônibus, Uber e táxi, garçons, garçonetes, cobradores e caixas com quem puxei assunto e que me confiaram histórias de exploração e de luta.

Em Alagoas, agradeço a Dão Barqueiro, Leila do mercadinho da Ilha do Ferro, seu Zé Ailton, Edivânia, Elvis; dona Vana, Mestre Aberaldo e seus filhos, além do cachorrinho Billy; Marcelo de Coruripe, seu Sulino, seu Fanka, Tainá, Edilson, Igor, seu Manuel, seu Carlinhos da Associação de Barqueiros de Piranhas,

Anderson do Museu do Cangaço, Carla de Angicos, seu José do mercadinho de Piranhas, seu Alberílio pescador e às bordadeiras de Entremontes.

Na Bahia, minha gratidão para Marcelo, Emerson, Teves, Diogo, Juliano, seu Paciência, Mari Bade, Pedro Bomba, Dani Davis e para cada estudante que me contou suas histórias de luta para se manter na universidade, na Bienal da UNE de 2018.

Em Berlim, agradeço às colegas no salão de depilação Maria Bonita, onde trabalhei como recepcionista, aos colegas da Pierre Boulez Saal, onde trabalhei como vigia, e às camaradas do GT Direito à Cidade.

Uma parte da pesquisa histórica sobre presos políticos antifascistas foi desenvolvida na residência artística Can Serrat, em El Bruc, na Catalunha, onde fui bolsista em 2015. Agradeço a toda a população do povoado pelas incontáveis horas de entrevistas, especialmente Jaume Escriu e Maria Lopez de Vergara. Em Paris, agradeço a Isabella Valle pela acolhida e a Phryné Pigenet, pesquisadora da Associação de Filhos e Filhas dos Republicanos Espanhóis e Crianças do Êxodo, pela entrevista em 2016. Em Girona, agradeço a Nanda e Boni por me receberam na sua casa em 2019 e em 2024 e por compartilharem comigo suas histórias de luta nas fábricas e de sobrevivência nas prisões espanholas pós-Franco.

Muito obrigada ainda a Schneider Carpeggiani, que desde 2004 acredita em mim; a Simone Paulino, Igor Gomes, Luiz Antonio Simas, Bozó Bacamarte, Sarah Tikva e a todo mundo da editora Nós por tornar este livro realidade. E agradeço demais aos colegas/amigos Carol Almeida, Carol Morais, Carol Peters, Priscilla Campos e editora Flecha, André Capilé, Manuella Bezerra de Melo, Eleazar Venancio Carrias, Douglas Laurindo, Cida Pedrosa, Joselia Aguiar, Marília Floôr Kosby, Maria Valéria Rezende, Claudia Lage, Regina Azevedo, Marilia Santos, Júlia C. Hansen e Benjamin Moser; a Charlotte Thießen, Saman Hamdi, Mafalda Sofia Gomes, Helano Ribeiro, Érica Zíngano, Odile Kennel (pelas traduções) e dra. Anna Boreczky (pelo generoso envio do bestiário medieval húngaro). Agradeço imensamente à camarada Silvia Federici, por ser inesgotável fonte de inspiração (a noite que comemos uma pizza em Berlim, em 2017, é uma das mais legendárias de toda minha vida!), e ao Coletivo Sycorax, por traduzi-la para o português brasileiro.

Por fim, mas não menos importante: nada seria possível sem a alegria caótica e o amor da minha família: minha maravilhosa mãe, Clarissa, Raquel, Macaco, Manuel, Jéssica, minhas tias (especialmente Tia Bija e Cinha, que me acompanham em todas as minhas aventuras!), minhas amadas primas, Lukas (por amar o sertão tanto quanto eu!) e vovó e vovô, que fizeram meu caráter.

Alguns poemas deste livro foram publicados antes no *Suplemento Pernambuco* (em setembro de 2020 e junho de 2023), na *stadtsprachen* (com traduções para o alemão de Charlotte Thießen, em janeiro de 2022) e na *Morel* (maio de 2022). Uma versão em prosa foi publicada pela *Granta em Língua Portuguesa* em novembro de 2021. Aos editores desses veículos, muito obrigada pelo espaço.

Para conhecer as referências que dão base aos poemas, acesse o link: adelaideivanova.com/asma/

As epígrafes de autores estrangeiros foram traduzidas ao português por:

J. CRETELLA JR. E AGNES CRETELLA
(em *Dos delitos e das penas*, de Cesare Beccaria; Editora Revista dos Tribunais, 1999)
JOÃO COSTA E DELFIM DE BRITO
(em *O processo*, de Franz Kafka; LeYa, 2012)
LÚCIA FURQUIM LAHMEYER
(em *Viagem pelo Brasil*, volume 2, de J. B. von Spix e C. F. P. von Martius; Edusp, 1981)

As demais foram traduzidas pela autora.

© Editora Nós, 2024

Direção editorial SIMONE PAULINO
Editor SCHNEIDER CARPEGGIANI
Editora assistente MARIANA CORREIA SANTOS
Assistente editorial GABRIEL PAULINO
Preparação IGOR GOMES
Revisão IGOR GOMES
Projeto gráfico BLOCO GRÁFICO
Assistente de design STEPHANIE Y. SHU
Tratamento de imagem CASA DO TRATAMENTO
Produção gráfica MARINA AMBRASAS
Coordenador comercial ORLANDO RAFAEL PRADO
Assistente comercial LIGIA CARLA DE OLIVEIRA
Assistente de marketing MARIANA AMÂNCIO DE SOUSA
Assistente administrativo CAMILA MIRANDA PEREIRA

Imagem de capa BOZÓ BACAMARTE
"Carmarette da Garrafa Virada", a cigana de São José do Egito.
Galeria Marco Zero (2024).

Texto atualizado segundo o novo
Acordo Ortográfico da Língua Portuguesa

Todos os direitos desta edição reservados à Editora Nós
Rua Purpurina, 198, cj 21
Vila Madalena, São Paulo, SP | CEP 05435-030
www.editoranos.com.br

Dados Internacionais de Catalogação na Publicação (CIP)
de acordo com ISBD

I93a
Ivánova, Adelaide

    Asma / Adelaide Ivánova.
    São Paulo: Editora Nós, 2024
    200 pp.

ISBN: 978-65-85832-27-4

1. Literatura brasileira. 2. Poesia. I. Título.
2024-387   CDD 869.1   CDU 821.134.3(81)-1

Elaborado por Vagner Rodolfo da Silva, CRB-8/9410

Índice para catálogo sistemático:
1. Literatura brasileira: Poesia 869.1
2. Literatura brasileira: Poesia 821.134.3(81)-1

Fontes FREIGHT, NIKOLAI
Papel PÓLEN NATURAL 80 g/m²
Impressão MARGRAF